光球貓

朱川湊人 著
孫智齡 譯

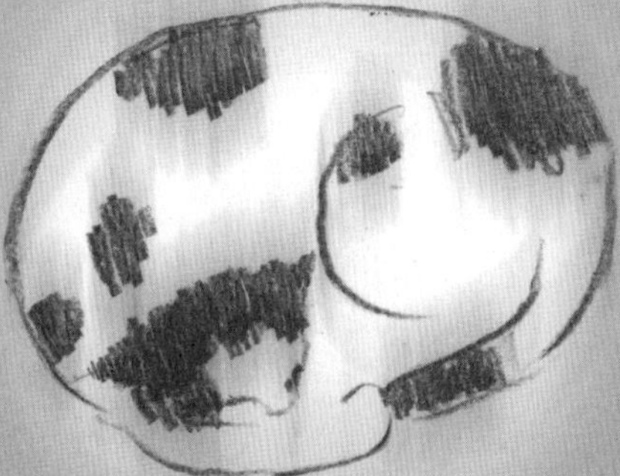

遠流

【推薦文】

懷念的下町人情與恐怖的古老情感

米果

出生於一八九〇年的美國詩人與小說家Howard Phillips Lovecraft曾經說過一句名言：「恐怖，是人類最古老原始的情感！」

在日本文壇分支細密的派別裡，恐怖小說，或稱怪奇小說，一直有其特殊的書寫風味與信仰擁護者。以神靈鬼怪爲主題，兼之彰顯善惡的人性，恐怖或許是字裡行間鋪陳醞釀的情緒投射，但小說故事所緩緩傾訴的啓發，也許才是恐怖小說之所以令人神往的意境。

大約中學時期，我曾經在府城台南一家二手古書店，覓得一本恐怖短篇小說合集，小開本，封面黯沉，一片墨黑色澤，隱約浮現暗赭色的一張沒有五官的臉孔。似乎是早期某家名不見經傳的小出版社所發行的中譯本，故事背景大多集中在明治大正年間，主角人物的生活習性與溝通用語非常奇特，但「古老」的神秘元素所營造的閱讀氛圍，還是添加了不少驚悚的成分。那是我第一次接觸日本恐怖小說，文字所勾勒的女鬼、幽靈、留戀人間不肯離去的逝者模樣，以明治大正年間的市井風情襯底，雖然有稍許情境的隔閡，但故事太吸引人了，讀來膽戰心驚，有時不免太入戲，好幾日胡思亂想，是非常特別的閱讀體驗。

我原本就對生死議題相當好奇，對生死磁場的分野充滿想像，從兒時看民間故事畫冊知道林投姐的悲喜開始，對於那些恐怖神怪的小說情節，向來都讀得興致盎然，當成學問來研究。那些關於鬼魂等等不可思議或科學無法解惑的謎，在文學筆觸底下，其實呈現十足迷人的風味與驚人的警世力量，終究到了故事結尾，善有善報，惡有惡報的鐵律不會有所改變。我後來讀了貴志佑介的《黑暗之家》和宮部美幸的《扮鬼臉》，前者的故事舞台嵌入現代的商業元素，後者的故事背景則有城下町的人情韻味，大抵把人性善惡放在閱讀的軸線，恐怖的感受其實不會那麼強烈，不管是鬼魂，或眞人，都有其悲喜無奈的宿命，那約莫是讀恐怖小說最深刻的投射了。

相較於過往閱讀恐怖小說的經驗，朱川湊人的筆觸，反倒瀰漫一股令人懷念的色澤，彷彿黃昏暮色之中，下町巷弄街燈緩緩亮起，熟識的鄰人擦身而過，屋厝斑駁的青瓦，門前穿廊的風鈴，玄關小階幾雙倉促橫躺的鞋……自己童年居住的小町小巷，也就這樣映入故事的背景裡，成爲生命經歷的對照組。

朱川湊人出生於昭和年間的關西大阪，畢業於東京慶應義塾大學，原本在出版社工作，直到三十九歲才以《貓頭鷹男》獲得二〇〇二年ALL讀物推理小說新人賞，隔年再以《在白色房間聽月歌》獲得日本恐怖小說大獎，二〇〇五年以《花食》榮獲直木賞。看似風光的得獎經歷，但成名之前，長達十七年的書寫歷程也經過一番掙扎和孤獨的試煉，在那樣孤獨的試煉當中所醞釀得來的說故事能量，往往最深邃。

朱川湊人的恐怖小說敘事手法確實很特別，日本出版界讚譽爲「鄉愁恐怖小說名手」，《光球貓》依舊呈現他所擅長的昭和懷舊氣息，看似七個短篇故事，卻以幽靜的下町爲背景，微妙串成一段段人生故事。

充滿下町人情味的小地方，鄰近二手書店集中的神保町和音羽區，町內有都電鐵道與地下鐵經過，都營電車鐵軌旁，還開滿豔麗耀眼的紫陽花。

七個故事環繞著下町一條「槐樹商店街」的人情脈絡發展，如同日本許多商店街一樣，入口處有拱門裝飾，長約三百公尺的街道上，賣蔬果、鮮魚、和服、藥妝，有咖啡館、有大眾食堂和小酒店，以及一家賣二手書的「幸子書房」，一家「沙瓦酒舖」，一家叫做「霞草」的小酒吧，和一家店門口擺著大型沙啞音響喇叭，不時播放老歌「槐樹的雨停時」（アカシアの雨がやむとき）的唱片行。町內還有一家拉麵館叫做「喜樂軒」，另有一座古剎「覺智寺」，傳言到了黃昏，從寺內石燈籠的燈心處望出去，可以看到往生者的身影走過……

每一個故事，幾乎都跟商店街的「幸子書房」那位川上老闆有關，而緩緩從文字流洩而來的旋律，其實是日本六〇年代歌謠代表人物「西田佐知子」唱紅的昭和名曲「槐樹的雨停時」。該曲正式發表於一九六〇年，那年恰好發生「美日安保鬥爭」的反對運動，許多在反對運動挫敗而頹喪失志的年輕人，對這首歌的歌詞與旋律產生共鳴，這曲子也數度成爲電視媒體處理新聞事件的背景歌曲。對於經歷過那段動盪歲月的昭和世代來說，逝去的青春，熱血的遺憾，顯然有諸多情緒投射其中。朱川湊人將這首曲子帶進下町懷舊的書寫氛圍裡，西田佐知子低沉的嗓音，加上曲調特殊蒼涼的意境，那幾段人鬼邂逅重敘的情感，更顯得動人。

我終究可以體會美國小說家所說的，「恐怖，是人類最古老原始的情感」，因爲恐怖，因爲對神鬼的好奇，因爲對靈界的想像，也因此加深對生離死別的情感厚重度，以及體恤體諒的同理心。朱川湊人在這七個短篇故事中所訴諸的意涵，想必也有類似的動機。

好吧，如我這般，對恐怖小說帶有人類情感的讀者，對朱川湊人筆下的這個下町城鎮，竟然有了莫名親切的熟悉感。我甚至覺得故事裡，那些留戀陽間不肯轉世的幽魂，或匿名詛咒預言的暗示，跳脫二手書泛黃紙頁與今生讀者的對話，還有那化身光球一般的貓魂，穿梭陰陽化爲形體捎來訊息的鬼，都帶著令人動容的情感，那不正是人類最古老原始的本念嘛！

【作者簡介】米果，台灣台南人。

曾任職產物保險公司，財經雜誌編輯，網路媒體《明日報》。現蝸居台北盆地邊緣，五指山腳下，以文字維生，專欄、文案、隨筆不拘。另一身分為重度書寫的網路部落客。

曾居住東京西武鐵道沿線小站江古田，喜歡日本野球與J-League足球，熱愛迴轉壽司和日式煎茶。

喜歡老東西，舊回憶，溫暖的人類情感，以及耐人尋味的人生故事。

重度的小說閱讀者，尤其對日本文學，有無以名狀的迷戀。以為小說給予的生命啟發，比任何勵志書來得深邃有力。

曾以《遲暮》獲得府城文學獎小說首獎；《朝顏時光》入選皇冠百萬小說獎；《月光宅急便》獲選時報文學小說類評審獎。

著有長篇小說《慾望街右轉》、《尋找淺見先生》、《覺是今生》（小知堂出版）；懷舊散文集《五年級青春紀念冊》（圓神出版）、《台灣寶貝》（雅宴文創出版）；棒球隨筆《完全燃燒棒球部落》（相映文化出版）。

目錄

光球貓

紫陽花開時

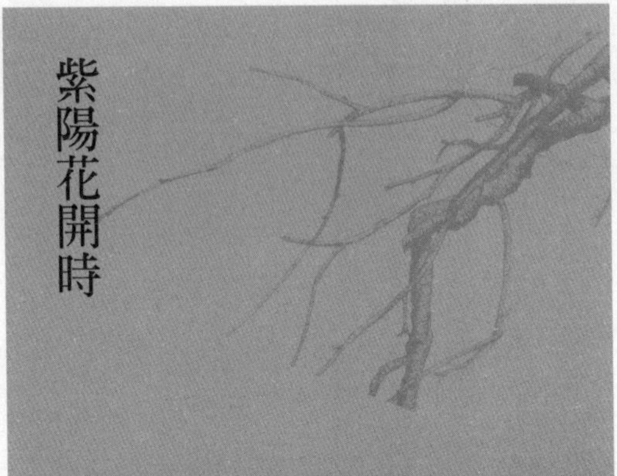

1

那距今已三十年了……

我和比沙子搬到下町，是甫過櫻花盛開期的四月中旬。

那是一棟舊式公寓的二樓，就位於都營電車（指東京都經營的荒川線電車，是東京都內唯一留存的地上電車）的鐵軌旁。六帖大和三帖大榻榻米的房間各一間，外加一個小廚房。原本就沒多少行李，在中古家具店添購了小衣櫥和廚櫃，再來就是從我之前的住處搬過來的書桌和書架。將它們全塞進房間角落之後，搬家的工作就差不多告成。

「肚子也餓了。去吃點東西吧！」

我說，厭倦了一一將書本擺上書架。時間已是中午一點左右。

「嗯。」

比沙子一直專心擦拭著印有清新鈴蘭的磨砂玻璃，此時停下手中的工作，微笑地說道：

「可是我想趁天色還亮時，把房間全部打掃乾淨。看起來就要下雨了。」

從窗裡可以眺望春日的天空，的確是籠罩著鼠灰色雲層，不過應該還不至於會下雨。只是比沙子對氣溫和濕度格外敏感，她的天氣預報總是神奇地精準。

「那我幫你買回來吧。」

事實上，我也並不眞的感到肚子餓。純粹只是因爲年輕，只要被某事物吸引就沉不住氣。雖然才剛搬來，我已經迫不及待想認識這鎭上的一景一物了。

「商店街裡確實有間和菓子店。那裏賣的海苔捲看起來挺可口的。幸二，不好意思，那就麻煩你幫我買回來囉。」

從錢包裡抽出一張千元紙鈔，比沙子笑說著。當時的千元紙鈔還是印著伊藤博文的肖像。

「你不妨四處走走再回來吧！」

比我大五歲的她，完全摸透我的個性。我雖然爲自己的孩子氣感到羞恥，但對她的貼心仍佯裝不察，立即起身外出……不，其實是磨蹭著出門。即使這樣，當時的我們卻非常開心。

走出玄關的門，從二樓狹窄的甬道就可以俯瞰眼前一座小寺廟的腹地。立在一隅的石燈籠前，聚集了好幾隻貓，有的用舌頭舔著自己的身體，有的正伸長懶腰。

（這寺廟顯然是附近貓兒們聚集的場所。）

我邊想邊輕快地步下鐵製的階梯。

當時的我，是個只會說大話、一心夢想成為小說家的年輕人，決定靠著一隻筆管揚名立萬後就放棄大學學業（事實上，確定二度留級才是主因），卻也不知道何時才會出人頭地，只是默默地爬著格子。鎮日一副無賴漢模樣泡在便宜的小酒吧裡，捲起袖管和同人誌夥伴議論些不切實際的話題。當時願意和我一起做這種夢的人，正是在酒店裡工作的比沙子。

我將手插入褲袋中，邁步走在今後要過日子的街道上。躲過戰時空襲的小鎮街道，即使在當時，空氣裡也散發著一股奇特、教人懷念的氣息，光是在上面閒散踱步，都讓人感到心曠神怡。

沿著都電鐵道線走了好一會兒，我終於來到有著拱門裝飾的商店街。這條長約三百公尺的街道上，不只有蔬果店、鮮魚店等食材店，和服店、咖啡館和大眾食堂、小酒店也櫛比鱗次，算是那一帶最熱鬧的場所了。

幾天前來看房子，房屋仲介帶我路過這條商店街時，我就決定要選那間了。我之前住的房子附近是一間大型化工廠，想找個可以購物的商家都很困難。一個人住還好（畢竟房租很便宜），但若想和比沙子開始兩人共同的生活，那就不適合了。

（若到這裡來，大部份的東西都可以買得到吧！）

我邊想著這事，腳步不自覺地放慢下來。

那天正好是星期天，商店街很熱鬧。經過唱片行時，大型音響沙啞的喇叭正傳來「槐樹的雨停時」那首老歌，在當時，它就是被稱爲懷念歌曲的老舊歌謠了。這大概是唱片行老闆的個人喜好吧！不過，那種幽幽的旋律給人的感覺，和那條老商店街倒是挺相襯的。

逛了一圈後，我走進位於商店街中央位置的一間小舊書店。它的玻璃拉門上，寫著像是印章字體的店名「幸子書房」。

先前房屋仲介帶我來時，我就注意過它。不過當時考慮到比沙子，我腳步停都沒停就走了過去。之後雖然內心惦記著，卻也沒做什麼。

那家舊書店只有二十坪大小，很擁擠，不過書籍倒是琳瑯滿目，價格也還可以。我立刻就喜歡上它了。書店老闆瘦骨嶙峋、眼神銳利，是個有幾分神似芥川龍之介的老人。這點我也很喜歡。如果那位大作家當初並未自殺，如今迎接老之到來時，應該也不過這等風貌吧！

我在這裡找到太宰的書簡集，一邊在意老闆的目光，一邊沉浸在書中世界。商店街的熱鬧景象竟像虛幻世界般寧靜，耳畔只傳來書店裡掛鐘的滴答響聲。

驚覺自己已經看了一個鐘頭，我慌忙走出舊書店。比沙子這下眞的餓壞肚子了！我匆匆趕到和菓子店買了幾條乾瓢海苔捲，便掉頭往回走。

（又被比沙子的天氣預報給說中了。）

一穿過商店街的拱門，原本陰霾的雲層更加暗沉了。天空開始降下細細的雨絲，雖然還不到令人慌張失措的程度，但雨絲順著鏡框爬在臉上，就是讓人感到鬱煩。我加緊腳步朝來時的方向走去。

然而這下町的街道眞是曲折。大概家家戶戶都朝各自所好的方向建築，很少看到一條路是直直通到底的。穿過曲折小路，再繞過大弧形的彎路，眼前突然出現一個大斜坡，簡直就像加了橫槓的阿彌陀籤（放射線狀的籤紙，中間覆蓋硬幣，是江戶時期流行的抽籤籤紙)。

只是憑藉一點模糊印象找尋的我，眞的迷路了。大概是剛才在第幾個彎口的地方給弄錯了。

(眞是傷腦筋！)

雖然也想過可以向行人問路，但最重要的公寓地址我卻還沒記住。如今回想起來，當時只要跟人打聽公寓旁邊那間小寺廟的位置就可以了也說不定(當時連寺廟名稱「覺智寺」都記不得)。

拎著裝有海苔捲的紙袋，我只能徘徊在下町的街道上，就像都電鐵道線橫切過鎮上，在地上拉出眾多迂迴路線，胡亂地劃圈。

發現那個男子，大概就是在我晃了約十五分鐘的路之後。

地點就在路口數公尺遠的地方，路旁有著一間像是民家的小郵局。大約一個大人高的木板牆圍繞著郵局，旁邊就豎立著一根木製電線桿，看著像是連接著木板圍牆似的。

就在電線桿的背後，一個理著小平頭、身材健碩的男子背向我這邊站立著。暗灰色的長褲配上短袖白襯衫，當時我只心想，時序都還沒到梅雨季呢，現在就穿起短袖也未免太性急了點。

男子身體緊緊挨著木板牆，簡直就像要將身體隱沒似的。我走近時，他也絲毫不動，臉一逕地朝向前方。那身影讓人不禁聯想到電視連續劇裡經常出現的畫面——負責監視的刑警。

（在看什麼呢？）

經過對方身邊時，我不經意地看了男子一眼。是個年紀與我相彷的年輕人，一對濃眉深鎖，瞇著略微浮腫的眼睛，視線凝聚在前方一點。

我循著男子的視線望過去。

前方坐落著幾戶人家，男子的視線焦點似乎是停格在掛有「喜樂軒」招牌的小拉麵店。

那樣子的店家，是你去到哪裡都能看得到的大眾食堂，總之看不出有什麼特別之處。那天正好是公休日吧，透過磨砂玻璃門，可以看到平常掛在長竹竿上的白色門簾捲收著。二樓應該是住家，鐵板製的雨窗是緊閉著的。

我走過那男子身邊，再從拉麵店前通過。

（在做什麼啊，那男的？）

忍不住狐疑，我數度回頭看那男子，對方卻絲毫不在意我的眼光，猶如洋品店裡的人型模特兒，身體始終文風不動。

正感到有些不舒服時，我發現前方的電線桿上綁著一塊看板。白板上用圖釘釘著一張寫著黑字的模造紙，外頭再以塑膠袋包起來。

上頭寫著幾週前拉麵店發生了強盜殺人事件。詳細內容沒有記載，大意是說，若有發現可疑人物，請速與派出所聯絡，還用紅筆大大寫著派出所的電話號碼。

（那男的難道是……刑警嗎？）

走到離看板有段距離時，我又回頭。幾秒鐘前還在原地的男子，不知何時已經不見去向。

我感到奇怪，甚至還走回方才男子站立的地方去查看，但他就是不見人影了。事實上，像這樣的街道，只要隨便彎進一個轉角就會消失得無影無蹤了。

總之，我好不容易才回到公寓。對於附近發生兇殺事件，以及在那現場附近有可疑男子出現的事，我決定不對比沙子提。剛搬來的第一天，我不希望她對小鎮產生壞印象。

那個小鎮是我和比沙子共同生活的起點，我們要在這裡開始新的人生，我是這麼樂觀相信。

我和比沙子當時都很年輕。

2

告訴我喜樂軒發生什麼事的人，是長得像芥川龍之介的舊書店老闆。不知第幾天到店裡時，對方先開口：

「先生，你昨天和前天都光臨本店，可是我看你好像不是這附近的人吧！」

那口吻就像是在詰問，大概是覺得我身分可疑吧。附近一帶發生這麼大的事情，就連舊書店老闆都不免成了偵探。

（一個大男人白天到處閒晃，也難怪教人起疑。）

這麼一想，我刻意以開朗的語氣回道：

「上星期天才剛搬到這附近的公寓。承蒙您讓我常上貴店走動，還請多多指教！」

聽到我過度客氣的招呼方式，對方臉上浮現一抹「糟糕」的表情，隨即換了口氣，堆滿笑臉地說道：

「啊，別誤會了，因爲這附近才發生重大事件。巡查特別交代，要是看到不認識的人要招呼一聲。」

老闆一開口說話，完全就是下町人不拘小節的風格，和外表給人的感覺全然不同。當我聽到那口氣時，對他的印象大爲改觀，說他像芥川龍之介似乎有點過獎了。

「你是指裡頭那間拉麵店嗎？我看到看板時也嚇了一大跳！」

聽到我的問話，舊書店老闆突然沉下語氣回道：

「遇害的人是店家的小老闆。大白天被喬裝成客人盜取財物的兇手給勒殺了。」

書店老闆從桌上的SEVEN STAR煙盒裡抽出一支煙，也遞上一支給我。對這份稍嫌熟稔的表現，我有點猶豫，但還是大方的接過來，並以同一根火柴點火。大概這是他表現友好的方式吧！

「眞可憐！怎麼會這麼倒楣，讓強盜給闖進去呢？」

看來老闆也很想找個人傾吐此事，根本不用我套話，自己就鉅細靡遺地說給我聽了。

據他的說法，喜樂軒原是一家頗受好評的拉麵店，因爲某項原因並未提供外送服務。不過由於它的口味獨特，深受大家喜歡，甚至還有人特別搭乘都電上他的店裡來吃麵呢！

經營拉麵店的是一對姓若林的夫妻。拉麵店原是老闆的父親經營，不過父親中風去世後，就由現在的男主人繼承（大概是這原因，舊書店老闆才稱他爲小老闆）。說是小老闆，年紀也五十好幾了，有沉默寡言、勤奮工作的職人個性。偶爾會下下棋，此外別無他好。是個認眞、老實的男人。

舊書店老闆會用「這麼倒楣」的字眼，是因爲若林夫妻有個很沉重的擔子。夫妻倆有個已經雙十年華的女兒，但這女兒卻是個嚴重智障的孩子。好像生產時發生了意外，不僅無法走路，就連站立和說話都不會，智商僅只兩歲孩童的程度，對自己身邊的事無一樣可以自理，整天就這麼躺臥在二樓的房間裡。

爲了照顧這樣的女兒，做妻子的整天都在一樓店面和二樓房間上上下下來回跑，而知道情形的熟客們也都會自動端菜或收拾碗盤。聽說小老闆也曾想過要雇人手幫忙，但由於經濟不充裕，店裡長期以來總是人手不足，沒有提供外送服務也是這原因。

現在的家庭若是有殘障兒，已經有各種管道可以減輕家庭負擔。但當時的社會福利還未健全，若林夫妻的辛勞實在非常人所能想像。然而他們卻非常疼愛女兒，毋寧說是心甘情願享受照顧女兒的樂趣。他夫妻倆的感情想必鶼鰈情深！

事件發生在三月底時。

那天女兒感冒，情況雖不太好，所幸發燒並不嚴重。由於自己無法咳痰，做母親的只能一直守護在旁照顧，因此，那天幾乎是男主人一人獨自在店裡張羅一切。

通常趁著中午忙碌過後，男主人都會上二樓看看女兒。他總是利用空檔時間上二樓來看女兒，這也是他開心的一刻。

據妻子的描述，當天男主人幫女兒以吸管喝麥汁，愛憐地撫摸女兒的臉頰——沒想到，那竟成了父女倆的最後訣別。

沒多久，樓下好像有客人進來的聲音，於是男主人戀戀不捨地下樓招呼。之後也一如往常，傳來炒菜的聲音。妻子則是用管狀的抽涕器幫女兒吸鼻涕。

突然，傳出盤子摔破的聲音。妻子只當是丈夫炒菜時不小心打翻盤子，還轉頭對女兒輕聲說道：「爸爸好急性子喔！」

可是，緊接著又聽到桌腳被拖行的聲音，以及東西撞擊的巨響。這下連妻子都覺得事態異常，於是顫顫驚驚地走下樓梯向店裡頭探看。就在這時候，看到一名年輕男子正扯開白色門簾向外奔去的背影。

男主人撲倒在櫃台前，一盤青菜炒肉絲散落滿地，脖子上纏著絞刑用的粗繩，充滿血絲的眼睛張大著。存放一天收入的抽屜被翻開了，裡頭原有的八千元不翼而飛。

「犯人應該是一開始就計畫好了。先是叫了一盤青菜炒肉絲，再趁著男主人端菜從廚房裡走出來時，從背後突襲。」

說完事件始末後，舊書店老闆又補上自己的意見。

說的也是。連一聲呼叫都沒有，顯然是迅不及防就被人從後頭給勒住脖子，塞住了氣管。對方若不是從後頭偷襲，那根本是不可能的事。

「犯人是年輕人嗎？」

「太太當時也不是看得很清楚。不過好像是個年輕人。」

我立刻想到站在現場附近的男子。事實上，自那次之後，在同樣的場所我還見過那男子幾回。

對好奇心強的我來說，這小鎮立刻成了我所感興趣的對象。那陣子比沙子外出上班後，我也常藉口外出到處閒逛，抱定目標要熟悉這鎮上的一切。當然，喜樂軒前面的道路，我也來回走過幾趟。

我所觀察到的是，拉麵店二樓的雨窗始終是緊閉著。究竟裡頭是否住著人，很難得知。根據舊書店老闆的說法，事件發生後，做妻子的仍舊繼續住在裡頭。說不定在那雨窗緊閉的房間裡，母女倆只是竟日相擁而泣呢！

我數度見到那男子，如果連搬來的那天也算進去，共有五、六次吧！他始終穿著暗灰色長褲和白色短襯衫，銳利的眼光直盯著發生慘劇的拉麵店的二樓窗戶。

「會不會是刑警呢？」我跟舊書店老闆提到那男子的事。「這附近一帶有這樣的男子嗎？」

長得像芥川龍之介的老人意味深長地說：

「如果對方老是出現在同一個地點，這早就會傳遍鎮上了吧！畢竟這裡是小地方啊……」

「可是我眞的看到了呀！」

感覺到自己的話受到質疑，我不禁加重語氣反駁。

「我不是懷疑你，請千萬別誤會。抱歉，抱歉！」

老闆雖然笑著回答，但有一瞬間，眼光流露出初次見面時的銳利精敏，我馬上注意到了。

「不過話說回來，應該不可能是刑警。監看事件現場又能如何呢？雖然說兇手有時是會回到現場，可是像這樣守株待兔……」

的確不太可能，我也這麼想。等待不知何時會出現的兇手，警方應該沒有那種閒暇時間吧。

（難不成是兇手本人？）

兇手有時也會回到現場——我不禁在意起舊書店老闆所說的話。

兇手是個年輕人，爲了一點小錢勒斃善良的拉麵店老闆。那個穿白色短袖襯衫的男人是很年輕啊！

不過再深入一想，這實在不可能。如果他是兇手，如此明目張膽地監視犯罪現場，豈不是馬上會被抓起來嗎？

「越來越耐人尋味了……」書店老闆用謹慎的語氣說著。

我可以感覺到，在他內心已經開始對我產生懷疑了。打草可能會驚蛇——我這麼想著。

「若有狀況，還是跟派出所聯絡比較好。下次你再見到那名男子，可否通知我一聲？」

書店老闆說著，同時從抽屜裡取出一張名片，上頭印著知名棒球選手的名字。看到我一臉驚訝，店老闆恢復了令人懷念的下町人表情，略帶羞赧地笑說：

「同名同姓而已啦！」

3

搬到小鎮之後，我眞的覺得很幸福。

比沙子全心全意愛著我，她處處貼心，只盼我有個更舒適的寫作環境。我不得不承認，是她無怨無悔的付出把我寵壞了。

那時候我完全沒有工作，每天任性隨意地窩在家裡爬格子。要是感到厭倦了，就晃到鎮上消磨時間。情緒低落時，甚至還會逛到上野、千馱木一帶；也經常耽溺在毫無助益的思索中。現在回想起來，眞是慚愧至極。然而那時我卻總以作家自況，說穿了，當時的我不過是個無能之人罷了。

家計全仰賴比沙子，靠她在早稻田的咖啡館當女侍兼做廚工賺取生活費。她的工作時間基本上是從早上九點到下午五點；不過，配合店裡的需要，有時忙到晚上七、八點也不是什麼稀奇的事。

即使如此，當時的我卻絲毫不覺羞恥。那是因爲我眞的相信，眼前雖然百般受她照顧，但日後自己一定有能力加倍償還她。

有朝一日我的小說受到世人矚目，到那時候，我一定會盛大舉辦婚宴，和她相偕去渡蜜月……我們經常做著這樣的夢。

「可是，我年紀比幸二大好多……」

比沙子動不動就把這話掛在嘴邊。

「這一點關係都沒有，不管你比我大幾歲，我就是喜歡比沙子你……何況人家不是說，娶某大姐會坐金交椅嗎？」

每次遇到這樣的情況，我總是這麼回答。

而聽到這樣的話，比沙子那北國孕育的細白臉蛋就會暈上一抹粉彩，開心地笑著。她大概是想聽我說這話，才會不斷重覆相同的說法吧！

時至今日，我對那公寓的小房間仍擁有非常美好的回憶。那個連片像樣的窗簾都沒有的房間，對我倆來說，就是無可取代的城堡。

我們的房間位於二樓，打開窗戶就可以俯瞰都電的鐵道線。初搬來時，還會爲那刺耳的噪音感到莫可奈何，但習慣之後也就不那麼在意了，反而有時還讓人覺得意猶未盡呢。

「這些紫陽花若全部盛開，一定很美！」

我們經常一邊俯瞰鐵道線一邊聊天。

這紫陽花不知道是附近居民種的，還是都電方面派人來種的，正好就生長在公寓前離軌道只有數公尺的地方。說不定是想效法被稱爲「紫陽花車道」的箱根登山鐵道呢！

「不知道會開什麼顏色的花？」眺望尚且含苞的紫陽花，比沙子滿心期待地說著。

我原本就對植物毫無興趣，但受那天眞無邪的笑容感染，不知不覺間內心也充滿期待。

如今回想起來，在那時期不曾有過什麼苦痛，只有充滿愛情和對未來的夢想；在那裡度過的每一天，都是閃亮的日子。那狹小的公寓房間，毫無疑問是我和比沙子的天堂。

是搬來之後一個月吧，某天晚上，我和比沙子在飯桌前相對而坐，開心地享用簡單的晚餐。房間裡沒有電視機，唯一的娛樂是一台小小攜帶型的收音機。當時正播放著比沙子最喜歡的布施明的歌曲，所以她很開心。

突然，房間的薄木門被人敲響。那一瞬間，比沙子馬上露出不安的神情，人立刻躲到從玄關看不到的房間角落。我先將飯桌搬到死角，然後故意用悠哉的聲音問向來客：

「哪位啊？」

「對不起打擾！我們是附近派出所的警察。」

將比沙子的鞋子藏好之後，我打開門，看到一名穿著制服的警官和兩名穿著西裝像是刑警的男人並排站立。就像電影或電視上常看到的，兩名刑警分別由年輕和年長者相互搭配。

由於過度緊張，我連耳根都熱了起來。但我還是裝出一副泰然自若的神情。

「對不起晚上來打擾你。你知道這附近剛發生過殺人事件吧！」年長的刑警一副閒聊的口氣。

「是啊，我是看到看板後才知道的。有什麼事嗎？」

「聽說你前幾天在現場看到可疑人物出沒？」

我腦海中立刻浮現那位長得像芥川龍之介、又和棒球選手同名的歐吉桑。一定是他向熟稔的警官說起我的事。

然而，那未必是出自善意的意見吧！因爲年輕的刑警正以懷疑的眼光審視我。沒工作之外，大白天還到處晃盪，挺可疑的男子……他準是這麼形容我的。

（那個臭老頭。）

只要想到那和藹的笑容背後竟是充滿懷疑，就令人感到不快。

但話說回來，我自己也不好。聽書店老闆描述喜樂軒的慘事後，我就未再到過幸子書房。總覺得和老闆談話很彆扭，將去舊書店視爲畏途。雖然跟對方說了請多多關照，翌日起卻未再露面，也難怪對方會這麼推測吧！

不過這麼想的同時，我也爲警方搜查能力之高而咋舌。我並未向書店老闆提到自己的名字，就連公寓的正確名稱也未告訴對方。只憑一句剛搬到附近一帶，他們竟然就能找上門來。

「我想應該沒什麼關聯吧！」

我將對方詢問的事，也就是自己見過穿著短袖白襯衫男子好幾次的情形，描述給刑警聽。

「對不起，可否請教你幾個私人問題？」談話告一段落後，刑警以客氣的口吻問著。

要是可以，我可不想告訴警方自己私人的事；但若因此而無端受人懷疑，我也受不了，因此我儘可能據實回答。

「請問你是一個人住嗎？」

被年長的刑警問到時，我一時語塞。或許隱瞞比沙子的事比較好……腦中閃過這念頭，但又覺得那不是明智的作法。

「不是，還有我太太。她現在正好外出。」我儘可能用平順的語氣回答。

刑警銳利的眼光迅速瞄了一眼房間的角落。我雖然裝做不察，但不可否認一顆心已是七上八下。

好不容易在一番慎重答謝後，兩名刑警和一名警官終於離去。

「發生什麼事啊？」

我回到房間，看到比沙子一臉不安的神情。

我原本不想讓比沙子知道這件事，但沒辦法，只好將拉麵店老闆遭人殺害的事說給她聽。只是，那可憐女兒的事我沒說。

「我完全不知道……竟然有這麼一回事。」

聽完我的敘述，比沙子果然一臉陰鬱。得知住家附近發生如此的兇殺案，也難怪她會如此，所以我才不想跟她說。

「幸二看到的那個男人，眞的是犯人嗎？」

「我也不知道。但絕對和這次的案件有所關係。原本我還以爲是刑警呢！不過，對方既然上門來打聽了，應該就不是。」

但就像我前面說的，把那男子想成犯人，似乎也說不過去。犯人就算回到犯案現場，次數也不該這麼頻繁。何況，讓我發現後，他仍舊繼續駐守在原地，這點也令人不解。

「那麼，他爲什麼要站在那裡呢？」比沙子雙手環抱胸前，一邊摩挲手臂一邊說道。「感覺好可怕啊！」

我從背後抱住比沙子。

當時，攜帶型收音機正傳來「仙客萊花香」的哀怨旋律，那情景至今我仍無法忘懷。

4

得知男子的身分是幾天後的事。

那一天，我和比沙子相偕外出，到日比谷看電影。許久不曾如此了。我原本就是喜歡熱鬧的男人，繁華街區的光華總是叫我情緒亢奮。不過比沙子就不同了，在人多的地方很容易顯得侷促不安，因此，看完電影就急著要回去，把正在興頭上的我潑了一盆冷水。當天我們難得發生了小口角，最後還是我讓步，兩人早早就離開人群，踏上歸途。

春季，白日的腳步正逐漸拉長。不過，那天搭公車回到小鎮時，周遭已經被夕陽染得紅通通一片。

「散散步吧！」

從公車站亭沿著鐵道線走，是回公寓最短的捷徑，而我卻故意挑選喜樂軒前的道路走，那是我無聊的報復心態使然。

「你看，那就是發生兇案的拉麵店。」

終於來到可以看到店身的路上時，我惡作劇地說著。看著我手指的方向，比沙子臉上浮現驚恐之色。

「啊，你好討厭，明知我害怕，還故意……」

拉麵店的門簾依舊掛在裡頭，二樓的雨窗也仍然緊閉。不知情的人見了可能沒有特別的感覺，不過，一旦知道那裡曾發生過慘案，必定讓人覺得全身毛毛的。

越接近那家店，比沙子越發緊緊抓住我的手腕。我為她的反應一如自己所料而感到得意。這帶有些微虐待狂的感覺令我很開心。

不過，接下來受到驚嚇的人卻是我。當我隨意地四下張望街道時，我又看到那名男子站在原來的地方。

「比沙子，那個男人也在……」

男子的模樣依舊沒變，還是灰色長褲配上短袖的白襯衫，彷如人偶般佇立不動，目光始終凝視著二樓。

「在哪裡？」

「在木牆附近。那裡不是有掛著當舖招牌的電線桿嗎？就在它後方。」提防被男子發現，我小聲對比沙子說著。

接下來該怎麼辦？我躲到鄰近酒舖的自動販賣機旁思索著。立即通知警察是最佳良策。不過，我不喜歡和公家的人打交道，比沙子應該也會反對。

（對了，我有名片。）

我想到舊書店的老闆。我從皮夾裡取出名片。在這裡打電話給那個老頭子，總可以澄清對方對自己的懷疑吧！我這麼認為。

正好，酒舖的門口前面就擺設著紅色公用電話。我心裡一邊祈禱那男子千萬別看向這裡，一邊拿起電話筒。

「幸二，你要打給誰？」比沙子怯怯的聲音問著。

「沒事，我打給認識的舊書店老闆。他說我要是再遇到那男人，要打電話通知他。」

我投入十元硬幣，對著名片上的號碼撥起電話。

「幸二，別鬧了，這一點都不像你。」

比沙子用略帶焦急的聲音說著，手指跟著按下電話筒的掛勾。公用電話傳來喀啦喀啦的聲音，十元硬幣掉了出來。

「做什麼？我看你才是在胡鬧呢！」

「我沒有。你說的男人他在哪？什麼人也沒有啊！」比沙子的聲音相當認真。

「沒……沒人？」

我再次朝男子的方向看了一眼。

沒錯啊，穿著短袖白襯衫的男人還站著，而且身體一動也不動，就這麼佇立在夕陽餘暉中。

我再次將十元硬幣投入，自顧自地撥起了電話。一旁的比沙子開始低頭啜泣。爲什麼她會這麼反常？我完全無法理解。

電話響了幾聲之後，出現熟悉的聲音。我重覆了以前和他說過的內容後，老闆終於記起我來。

「哦，是你啊！怎麼最近都沒看到你上店裡來呀？」

「最近我比較忙。對了，我上次跟你提到拉麵店……」我刻意壓低嗓門說著。

不料書店老闆爽朗的聲音回道：

「你消息可眞靈通。那犯人不是今天早上才被逮到嗎？」

聽到這裡，我當場傻住。

「聽說是住隔壁鎭上、平時都搭都電來吃麵的年輕人。就是看準了老闆娘平日必須照顧女兒，無法分身，才會動此惡念。眞是個讓人大卸八塊也不足洩恨的卑劣傢伙。」

舊書店老闆的話才說到一半，我就掛上電話。那是因爲看著佇立在夕陽餘暉中的男子，我突然發現了一樁不可思議的事。

在男子的背後，有一片大人高度的木牆，木牆上頭清楚映著電線桿的細長影子，然而——卻不見男子的影子。

那個男人沒有影子。

「比沙子，真的什麼人也沒有嗎？」

我一問，比沙子邊擦拭擠到眼眶的淚水，邊回答道：

「幸二，你別再說了。你到底怎麼了？那邊根本就沒半個人呀！」

我感到一股寒意慢慢從後背襲上頸間，彷彿有人拿著冰刷子從自己的背脊下面慢慢刷上來。

「比沙子，你待在這裡不要離開。」

我將比沙子留在原地，自己一個人走向男子。

可是，那男子的目光並未因此轉向我，而是始終盯著拉麵店的二樓窗戶，那旁若無人的態度相當突兀。

我就站在男子前方，在很近的距離觀察他。男子和一般普通人沒什麼兩樣，他的臉和身體也給人確實的存在感，只要我伸手一定可以碰觸得到。

「請，請問——」我顫抖著聲音問道。

彷彿直到這時候才發現我的存在，男子眼睛轉動了一下，然後，嘴裡發出像紙張摩擦般微弱的聲音：

「我必須保護她們……」

話一說完，男子的身影突然愈來愈模糊，而且漸漸融入四周的朱色霞光中，最後倏地消失無蹤。

5

翌日，我又前往幸子書房。

「讓你久等了，我好不容易才找到。」

酷似芥川龍之介的老闆抱著一本紅色封面的大相簿，從裡屋走出來。

「和家人那是不用說，但和鎮上的人合照的相片，我可以說幾乎是沒有。而且已經是很久以前的事了，找起來還眞辛苦呢！」

即使如此，老闆還是應我的要求爲我找了。這麼做或許是爲了彌補之前對我的懷疑，藉此減輕他在刑警面前告發我的罪惡感吧！

「話說回來，你怎麼會想到要看以前的相片呢？不過近來的確是很少拍照了。哦，就是他，他就是前陣子才身故的小老闆。」

他手指著相簿某頁上的一個角落。

看來像是鎮上舉辦下棋比賽或什麼大會的紀念相片。約有二十多人群聚合照，每個人的臉都只有豆般大小。不過，我立刻就認出那男子的臉。

「果然是他。」

我原是抱著姑且一試的心態，但當我看到相片中的人時，還是感到一陣輕微暈眩。

相片中的人是二十年前的年紀，卻和那年輕男子有著一模一樣的臉龐。

雖然穿著不一樣，但同樣都理著小平頭。認眞凝視著拉麵店的男子，正是遭人殘殺的小老闆。

「也就是說，你看到的是幽靈吧！」舊書店老闆絲毫沒有畏懼之色，只以淡淡的口吻說著。

「他究竟是什麼，我不知道，不過，我看到的人確實是他沒有錯。」

「這樣啊……」

舊書店老闆一邊說著，一邊點上香煙，也遞給我一根。用同一根火柴點好煙後，他繼續說道：

「一定是放心不下遺留下來的妻女……這點倒是很像他的爲人。」

死去的人回到現世裡來，如此匪夷所思的事，書店老闆卻一點也不覺得恐怖，毋寧說，他那冷靜的態度反而讓人像是吃了定心丸似的。

「大概是擔心犯人會再重回現場吧！爲了保護家人不再受到殘酷的暴力侵襲，他才會一直在那裡守護著吧！」

「那爲什麼只有我看得見呢？」

至今我從未有過任何神秘的體驗，也不覺得自己具有超能力之類的感應。至於靈魂不滅，雖然寧可信其有，卻沒什麼特別興趣去研究。如此的我，爲什麼能看到拉麵店主人的魂影呢？

「這我也不知道……也許碰巧你們的磁場給對上了吧！」

我不知道他的話有多少眞實性，但書店老闆仍以極其稀鬆平常的口吻繼續說道：

「哪怕只是擦身而過，也都是上輩子的緣份。」

聽到老闆優哉游哉、完全下町人口氣的回答，我也不禁莞爾。也許就眞的只是這樣的理由吧！

「還有一個問題。店主人爲什麼要以年輕時的自己出現呢？幽靈以自己死亡時的容貌出現，或許還可以理解，但是刻意以年輕之軀體出現，不是很奇怪嗎？」

對於我的問題，書店老闆只是張著略微扭曲的嘴，不發一語。的確，這種問題問活著的人，他也不可能知道吧！

「你聽聽看，我是這麼推測的，」嘆氣似地吐了一口煙後，書店老闆將話往下說：「這純粹是我個人的想像。就是說，去世的人再回到現世裡來時，可以憑他們所希望的姿態現身。」

「希望的姿態……」

「唉，我不太會形容啦！總之你想想看，幽靈並不全都是面目猙獰的吧！裡頭也有善良可親的不是嗎？那些心中有恨的幽靈，一定是以懷恨的姿態現身；寂寞的幽靈也一定是以寂寞的表情出現……未染塵埃就去世的幼孩幽靈，一定也是天眞無邪的模樣。」

書店老闆說著，伸手取過放在收銀台旁的一幀小相框。裡頭擺的不是相片，而是一枚已經枯掉的櫻葉。

我似乎可以體會書店老闆所說的話。

他一定是這個意思：如果你想保護什麼人，你一定希望以最強而有力的姿態回到現世，否則，就算再回到現世裡也保護不了任何人。因此，喜樂軒的主人才會選擇以年輕時的面目出現。

當然，這樣的推測是否正確，活著的我是無從得知。不過，他深深愛著妻子，這件事是再明白不過了。

那件事發生以後，比沙子日漸沉默。

倒不是因為畏懼幽靈，而是不知道她從哪裡得知喜樂軒老闆還留下一個可憐的女兒。要是可以，我並不想讓她知道那女兒的事情。

「幸二，今天那個幽靈父親還有出現嗎？」比沙子只要一想到就問。

「不知道……犯人都抓到了，應該不會再出現了吧！」

每次，我都裝出事不關己的口氣回答她。

那之後，我不再從那家店前經過，散步時，也儘量挑別的路走。總之是儘可能不靠近那附近一帶。

「不，今天一定也還在。」比沙子每次說完這話後，總會再小聲補上：「爲人父母的總是這樣。」

應該是吧，我也這麼認爲。雖然這是毫無根據的推測，但舊書店老闆的想像應該沒有錯吧。

如果說，他是爲了守護妻女才出現在那裡，那麼，他的身影絕不會從現場消失才對；除非等到心愛的人也來到自己身邊，否則，他的身影會繼續留在現場吧——雖然我不知道沒有生命、沒有形體的他能夠做什麼。

「太可憐了！」

話題結束時，比沙子總是語帶無限感傷。

每回聽到這話，我總是微微感到一股不安。因爲我已感受到，過去我施加於比沙子身上的魔法，正逐漸失去效力。

當都電鐵道線兩旁的紫陽花正開得燦燦然時，屬於我倆最後的日子也終於到來。

我離開同人誌的無聊聚會回到公寓時，房間正中央的茶几上擺上了紫陽花。

洗乾淨的咖啡玻璃罐裡，也插著一株紫陽花。一定是我不在時，比沙子從鐵道旁摘回來的。

看上去猶如一盞時髦的電燈，從窗戶斜射進來的夕陽餘暉，灑在小小的花瓣上，朵朵晶亮動人。

紫陽花旁擱著一張和紙。瞧見上頭淡淡的鉛筆字跡時，不用看，我都知道內容。

對不起，我回到孩子身邊。

一定是這麼寫的。

我在窗邊坐了下來，一邊抽著煙，一邊眺望鐵道兩旁的紫陽花。

總有一天這一刻會到來——從以前我就有這種預感。

比沙子有丈夫也有孩子。

小孩雖然還年幼，卻和若林夫妻的女兒一樣，都是智障兒；而比沙子和她先生也和若林夫妻一樣，每天爲了照顧孩子吃盡苦頭。

兩人一起逃走吧！慫恿比沙子的人正是我。

「爲了孩子犧牲自己的人生，這是何等愚蠢啊！拋開所有一切，讓我們重頭開始新的人生！」

以這話誘惑比沙子的我，簡直就是伊甸園裡的那條蛇。比沙子只是受到邪惡的魔法施咒，夢想過著不同的人生罷了！

然而比沙子每天過得顫顫驚驚，對於丈夫提出的搜索請願惴惴難安。我不知道告訴過她多少次，派出所不可能派得出人手到處搜尋離家出走的人，但她還是一看到警察就怕，甚至恐懼追蹤者可能就躲在人群中。

不過，眞正教人感到恐怖的不是這些。

眞正教人害怕的是熱情突然冷卻後回到自己的那瞬間，以及意識到自己是母親時硬生生從虛幻夢境中清醒的一剎那。

也正因爲如此，我們才會愛得這麼激烈，這麼深摯，眼裡只有對方，其他什麼也不知道，就像愚蠢的生物全心全意只愛著彼此。

如今，魔法已然解除。

看著茶几上的紫陽花，我不禁想著，希望比沙子的丈夫能再接納她……

但是，萬一他的丈夫不肯原諒她，我想比沙子也不可能再回到我的身邊吧！

今後，她的人生一定是爲女兒而活。

我雖然不認識比沙子的丈夫，但我眞心盼望他是位體貼的男人……我不禁這麼祈禱。

最後，我從窗邊站起來，朝著駛去的都電電車背影，用力將紫陽花拋去。

在空中旋轉了幾圈的紫陽花，迎著夕陽熠熠發亮。

夏天的匿名信

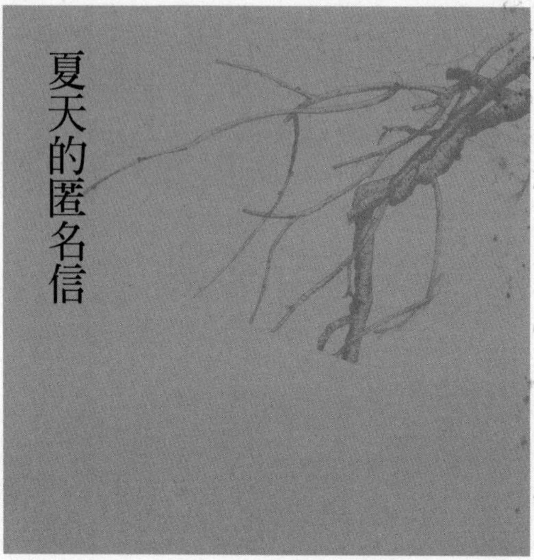

1

我無法忘記那個夏天。

那個東京奧運會即將到來、日本全國彷彿陷入亢奮狀態的昭和三十九年夏天。那時，我只是個蒼白虛弱的小學三年級生，而哥哥秀則是五年級的孩子王。

一連串事情的發生，就從我們經常和鄰居小孩一起玩耍的公園開始說起。那是在剛領到學期成績單，說什麼都要先解放自己的結業式下午。

公園位於名叫覺智寺的小寺院後頭。那天，大夥兒群聚在沙地上打尪仔標。

我本來力氣就小，又不懂打尪仔標的訣竅，因此對這種輸了就要被人取走尪仔標的比賽沒多大興趣，只是蹲在一旁觀看哥哥節節勝利稱霸。

「喂，啓介，什麼是『秋天見不到』啊？」

榻榻米店的阿泰一邊和哥哥玩著尪仔標，一邊問我。

我已經想不起他正確的名字，只記得他老是一臉詫異的表情，年紀比我大一歲。

「什麼意思？」

我隨口敷衍。因爲我最喜歡的「忍者部隊月光」尪仔標正好出現，我全副心思都繫在哥哥是否能爲我贏得這張尪仔標上。

「是怪獸的名字嗎？」

「不──是。商店街上……」

阿泰的話才說到一半，哥哥突然用力將王牌摜在地上，發出像2B子彈爆裂的聲響，將場上的尪仔標全翻了面。

「哇塞！一次三張耶！」

現場的男孩子全都抱頭尖喊。

「阿則簡直不是人啊！」

「啊，我的8號人。」

我趕忙撿起地上翻了面的尪仔標，將它們悉數交給正洋洋得意的哥哥。哥哥從裡頭挑出印著「8號人」和「忍者部隊月光」的尪仔標對我說：

「你喜歡哪一張？」

哥哥一直是如此，總把他贏來的尪仔標分給我。雖然我猶疑不決好久，不過最後還是選擇了月光。

「可惡！爲什麼會輸給這冒牌貨？」被贏走8號人的阿弘恨恨說道。

「喂，別亂罵喔！這傢伙才不是8號人，而是如假包換的18號人。」

哥哥將他身經百戰的王牌朝夏日長空高舉，發出一陣朗笑。

那張尪仔標上的圖案，和當時在電視、漫畫上都擁有超高人氣的8號人，說像不像——亦即爲閃避版權問題，主角的眼睛被畫得像魚眼般大而怪異，並不像桑田次郎所畫的那樣，擁有一雙銳利、漂亮的眼睛。而且身體的造型也有著微妙不同，最主要是胸前的數字不是原本的8，而是令人費解的18。

當初贏得這張尪仔標時，由於造型實在不怎麼樣，哥哥原想把它丟掉。但爸爸卻說：「這可是潛力股，應該比8強！」結果，哥哥不僅沒把它丟掉，反而更加珍惜它。眞的，這張8號人——不，是18號人，不知因何原因居然始終百戰百勝，彷彿從不知失敗爲何物。

「那這張鐵人怎麼樣？他是28號，應該更強吧！」

「笨蛋！2加8是10，當然不行。」

阿弘拿出來的鐵人28號尪仔標，也被哥哥嘲笑了一番。

「阿泰，你剛才問啓介什麼？」

「對了。啓介，アキミレス是什麼意思啊？」

我歪著頭，完全莫宰羊，就連它是哪一國話都不知道。

「今天放學時，我們在沙瓦酒舖前的電線桿上看到的，對不對？」

阿泰說著，轉頭向一起玩尪仔標的小忍徵求附和。沙瓦酒舖是槐樹商店街裡稍具規模的酒店。

「寫什麼不清楚，反正是貼在電線桿上，而且全部用片假名寫。アサイケイスケアキミレス。」有著小女孩般可愛臉蛋的小忍，以他略顯怪異的高音說著。

アサイケイスケ，「淺井啓介」的確是我的名字沒錯，而這附近一帶也沒有跟我同名同姓的人。

「總覺得叫人不舒服……難道是第八小學那些傢伙寫的嗎？」哥哥將細長眼睛瞇成一條線，吐氣似地說著。

那時候——現在的人一定無法想像——彷彿整個世界氾濫著小孩子似的，到處都是學校。就在離我們通學的區立第三小學不遠處，又有一所區立第八小學。

地方以不甚寬廣的國道爲界線，劃分出諸多學區。這鄰近地區就有兩所小學，學生間彼此互相看不順眼也是在所難免，不同學校的學生在公園碰頭時，經常會引發一些無聊的紛爭。

「我們去瞧瞧吧！」

回應哥哥說的話，我趕忙收起尪仔標，往商店街走去。

槐樹商店街的店舖都位在長約三百公尺的拱頂長廊兩旁，各式各樣的商家櫛比鱗次排列著，可算是鎮上的中心。

除了應有的蔬果店、肉店等食材商店，還有咖啡館和舊書店。不論你想買什麼東西，只要上這裡來大概都可以買得到。平時這裡就很熱鬧，尤其到了黃昏時刻總是擠得人寸步難行；下雨天時，更是小孩們嬉戲玩耍的遊戲場。不過，我們在那裏跑跳奔竄時，經常遭到一臉兇相的肉店老闆斥喝。沙瓦酒舖就位於商店街的邊邊，正好在某條長巷和商店街的交會處。店老闆的女兒邦子小姐是該店的活招牌，在大人之間頗獲好評（話雖如此，她卻長得酷似柔道選手，體格相當壯碩）。而對我們這些小孩子來說，在店門口的書攤旁站著看漫畫雜誌，從不會招來老闆的怒罵，因此我們都很喜歡這家店，我也幾乎每個禮拜都會跑來站在這裡看少年漫畫。

「就是那個啦，那裡——」

來到離沙瓦酒舖不遠的地方時，阿泰指著矗立在店門前的木製電線桿。如他所言，有一張從功課本上撕下來的紙，但約略再小個半張左右，被人用漿糊還是什麼的黏在電線桿上。雖然沒下雨，然而看起來卻像是在水裡浸泡過，整張紙皺巴巴的。

カラスヤノアサイケイスケアキミレス

那紙上全部寫著片假名，而且是以毛筆字非常愼重地書寫著。

「眞難看的字。」看到那張紙時，哥哥說道。

的確，現在回想起來，那字體確實很拙稚——說是金釘流（仿若釘子排列出來的字跡，諷刺拙劣的字體）也不爲過吧，簡直就像以口含筆所寫出來的字。

「你看，『カラスヤノ』的字都寫錯了。」

上面寫的「カラスヤノ」，意思大概是指「ガラス屋（玻璃店）的」吧。剛好，我父親正是經營玻璃屋。

「這絕對是八小的傢伙幹的。只有他們的腦袋才會這麼笨！」

「可是，爲什麼還特別用毛筆和墨汁寫呢？而且全部都是片假名……我總覺得它像是老人寫的字。」

和哥哥同年的阿廣一語中的。我想起住在鄉下的祖母，她寄來的信也都是用片假名寫的。

「大人才不會這麼惡作劇呢！」

阿泰和小忍這對四年級的最佳拍檔同聲反駁。我也覺得他倆說的話很有道理。

「先不管是誰寫的字，反正貼的人一定是個小孩。」在兩方意見相左時，哥哥插嘴進來了。「你們看仔細，它貼的位置正好在我們視線的高度。我想你們都很清楚，如果想在牆壁上塗鴉或留言，通常都會把它貼在和自己視線等高的位置，或再稍微高一點的地方，沒有理由貼到下面。」

「你這麼說也對。」

「所以囉，貼這張紙的人也一樣，不管它貼在哪裡，一定是貼在和自己視線同等高度或再高一點的地方。所以，從這個高度來判斷的話，對方應該和我們的身高差不多，或是比我們矮一點。」

紙張張貼的位置的確略高於我的視線。若說是大人貼的，那麼他的個子一定很矮小。

「但如果是駝背的老人，那麼他張貼的位置就會比現在的位置還要更低一點。不信的話，你們可以試試看！」

阿泰立刻把腰彎成九十度，在電線桿旁模仿起張貼的動作。果然，由於肩膀位置下垂，他必須相當辛苦才能把手腕舉到那張紙的高度。

「好厲害啊！阿則，你簡直跟明智小五郎（日本推理小說之父江戶川亂步所創造的名偵探）一樣嘛！」

大家對哥哥投以尊敬的眼光，這也讓我引以爲榮。就像現在這樣，哥哥總是遙遙領先大家。

「這麼說來，眞的是八小的傢伙幹的囉！」

「目前還不能斷言。而且，我怎麼也看不懂對方是寫些什麼？總之，先將它視爲證據收起來吧！」

哥哥說著，小心翼翼地將紙從電線桿上撕下來。

然而，我知道這時候的哥哥一定是在說謊。紙張上頭寫的意思，以哥哥的聰明豈會不明白？

カラスヤノアサイケイスケアキミレス

（玻璃屋的淺井啓介，見不到秋天）

2

孩提時代，時光的流逝總是非常緩慢。

沉浸在書本裡時，十歲少年的一天，會讓人感到有六十歲老人的六倍長——雖不知有什麼證據說出這種話，但的確是如此。

那時候，時間的濃密度是現在無法比較的，每天都要面對各式各樣接踵而來的事。因此，那件奇怪紙張的事，我立刻就忘掉了。在每天充滿刺激、眼花撩亂的日子中，忘掉它其實也無妨，大概就是某個認識哥哥或我的八小學生幹的好事吧……事情就自然落到這樣的結論。

因此，數日後在不期然的地方看到第二張紙時，內心著實受到不小的驚嚇。那張紙就貼在商店街一家小小的舊書店前。

哥哥，也就是我們的孩子王，非常喜歡看書，這從他粗獷的外表完全看不出來。他經常從學校的圖書館借回《少年偵探系列》和《給小孩子看的世界名著全集》，然後閒躺在床上看書。

讀到有趣的故事，他就會打上記號：「哥哥劇場」，並爲我和妹妹解說故事大要。只要遇到令人無法入眠的夜晚，或發燒躺臥在床上時（對我來說，這種經驗並不稀奇），總是哥哥在照顧我。尤其在哥哥講到王爾德的〈幸福的王子〉時，我記得，不管是說故事的哥哥，還是聽故事的我，都會忍不住一起嚎啕痛哭。

對如此愛看書的哥哥來說，漫長的暑假讓他很是煎熬，因爲學校的圖書館這時候都關著。

當時，我們住的下町附近並沒有圖書館，對這類藝文設施可以說是很落後。只有游泳的日子圖書室才會開放。雖然學校也儘量配合，但還是無法滿足哥哥強烈的讀書慾。

當時，哥哥常去的地方就是商店街的舊書店。舊書店雖然有個奇怪的店名「幸子書房」，店裡頭卻沒有叫幸子的女性，倒是有個經常一臉不悅的老店東，坐在店的最裡面抽著煙。

這位店主人的眼光很銳利，一雙濃眉總是剛好指著十點十分。對小孩子來說，那是一張令人心生畏懼、感覺恐怖的臉。奇怪的是，每回他和哥哥說話時，卻總是一臉笑嘻嘻的。當時我不知道也沒發現，後來上了國中，從國語課本上看到芥川龍之介的相片時，第一個浮現腦海的就是這舊書店老闆的臉孔。

幸子書房裡擺的雖然都是有著厚厚封面、給大人看的書，不過在店門口也擱著一台花車，上頭放的都是過期的雜誌或給小孩子看的書。每本價錢都一樣，一律十元。附近的小孩子都習慣站在這裡看書。商店街設有拱頂，不管是大熱天或冷天，也不管是否下雨，這裡都是打發時間最好的場所。

「喂，少年仔——」

當日好像是被母親派出來買小黃瓜還是番茄之類的，總之，哥哥正抱著裝菜的紙袋站著看書，只見老闆叼著香煙從店裡頭走出來。他一向都稱呼哥哥「少年仔」。

「這是你朋友寫的嗎？」

老闆一邊說著，一邊拿出一張小小紙張搧動著。

「今天貼在店門口的玻璃上。怕它會留下痕跡，我可是費了好大的勁才把它撕下來。」

店老闆恨恨地說著，用下顎指向店門口。

果然如他所言，在左、右門的玻璃上，殘留著像是白色小蟲的痕跡。當時的店家很少有鐵門的，關門時，一般都是將一塊塊木板給裝上；而像這家舊書店這樣只要關上玻璃門、拉上窗簾的店家也很多。

「你告訴那個戴學生帽的小鬼，叫他以後不要再這麼惡作劇了。」

老闆說著，不悅的臉越來越歪斜。

我和哥哥一起探頭朝他手中拿的紙張看去。紙張上頭的字體還是和先前一樣潦草，寫著「カラスヤノアサイケイスケナツノマニ」。

「歐吉桑，這是什麼時候貼的？」

「就是今天早上。我才覺得有點奇怪，打開窗簾時，正好看到和這位弟弟差不多大的小孩子在張貼。原本想打開鎖大聲喝斥他幾句，結果趁著我在忙時，一下子就不見人影了。」

「那個小孩長得怎樣？」哥哥一臉詫異地追問。

「長得怎樣？嗯，對方戴著學生帽的關係，看不清楚長什麼樣子。不過穿的是立領的學生服，背著薄薄的書包，下半身穿的是短褲……現在回想起來，倒不像是這附近的小孩。從他那身打扮來看，應該是好學校的學生。」

「歐吉桑，你沒有搞錯吧，現在還在放暑假，怎麼會有背書包的小孩呢？」

哥哥說得沒錯，暑假期間雖然有返校日，但通常也不會有小孩子背書包返校啊！

「話雖這麼說，可是少年仔，好學校的學生就是別人放假時他們仍繼續在唸書，不是嗎？」不知道是強辯還是當眞，舊書店老闆一臉正經地回答。

「歐吉桑，事實上……」

哥哥將幾天前在沙瓦酒舖旁的電線桿上看到類似紙張的事，簡略地說了一遍。

「什麼？聽起來這惡作劇還頗費工夫嘛！該不會是天狗（一種想像的妖怪，紅臉、長鼻、背上長翅，手持圓扇、金剛，具有神力，常出現於日本傳奇故事中）的匿名信吧！」老闆露出開朗的笑容說著。

沒有比一臉兇相的人笑起來更可愛了——看著他的臉，我這麼覺得。

「什麼是天狗的匿名信？」哥哥問道。

老闆本想說什麼，看了一眼旁邊的我又閉嘴了。

「這麼說起來，那個小鬼穿的制服也很奇怪。大熱天居然還穿著長袖上衣……」

老闆的臉上掠過一抹陰翳，一瞬間茫然了，這點我倒是注意到了。看來所謂「天狗的匿名信」可不是什麼好事。

「總之告訴他，這種惡作劇不准再有第二次。」

說完老闆立刻恢復原貌，將紙張塞給哥哥，轉身回到店裡。

我感到渾身不舒服。

自己的名字被不認識的人寫在紙上到處張貼，已經叫人很不舒服了，更叫人感到不對勁的是，貼這些紙張的人竟然還是個在大熱天裡穿著長袖上衣的少年。

尤其那紙上寫的意思……

「哥哥，難道這是——」

我拿過哥哥手中的紙張，問他這會不會是預言呢？

兩張紙上寫的字和之前的一樣，只有最後部份稍有不同。先前是「アキミレス」，這回是「ナツノマニ」，將兩者擺在一起，就算是小學三年級生也立刻明白它的意思：

玻璃屋屋的淺井啓介，見不到秋天

玻璃屋的淺井啓介，在夏日之間

也就是說，在夏季時不知道會發生什麼事情，結果讓我見不到秋天吧！

「這種東西只是一般的惡作劇罷了，別理它！」

哥哥立刻將我手中的紙張搶回去，使勁揉成一團後丟進一旁的垃圾桶裡。然而當下我卻無法接受他的說法，因爲那時候的我比起現在可以說更接近死神。

我幼小時曾染患嚴重的氣喘病。平常沒事時就像一般人一樣生活，但一旦病情發作起來，簡直就像活在地獄裡般苦不堪言。現在回想起來還會覺得不寒而慄。

發作時間通常都在夜裡或天快亮時，突然會咳嗽咳得停不住，根本無法入睡；又濃又黏的痰不斷附著在氣管上，讓人快要不能呼吸。就連身體都無法橫躺，只能以土下座（跪伏在地上行禮）的姿勢等候吸進去的藥發揮功效而已。因為實在太難受了，腦筋裡呈現一片空白，心裡一直害怕自己會不會就這樣死掉啊？胸口不斷傳出「咻咻」的喘氣聲，那聽在我耳朵裡，就像是肺讓開了無數洞孔的氣管給洩了氣似的。

上小學之前，我發作過三次；二年級時，又發作過一次。這幾次都很嚴重，都是被救護車給載到大醫院——因為無法呼吸而導致意識昏迷。所幸都在院方適切的處理下救回了小命。後來聽爸媽說起，特別是在第二次氣喘大發作時，他們根本不敢想還能夠救回我一命。

那之後，雖然沒有嚴重到再進醫院，卻也經常有中等程度的發作。尤其是遇到季節變化、寒暖差異過度明顯時，身體立刻會出現不良反應折磨我。

（難道說……）

那兩張紙上寫的眞是預言嗎？我不禁這麼想。

暑假裡的某一天，氣溫突然驟降，當天夜裡我的氣喘發作，然後無法呼吸，就這麼死掉——對我來說，這是隨時都有可能發生的不幸啊！

那個戴學生帽的少年，說不定就是被派來告知此事的使者呢！和哥哥走在商店街上時，我心裡這麼想。就在這時候，彷彿早就準備好似的，唱片行前的大喇叭突然傳來哀戚的旋律。正是當時超爆人氣的電視連續劇「凝視愛與死」的主題曲。

3

記憶中，住在栃木的祖父母來到我們家，是在那之後沒多久的事。說是到飯田橋參加從軍時期的同袍聚會，順道來我家看看。

祖母還好，老實說，我很怕祖父。祖父對於身體孱弱的我特別呵護，這一點我很感激，可是，他對待我和哥哥的態度未免差之雲泥。

可能哥哥是長男的關係，所以爺爺才會對他比較嚴格——這是爸爸的說法。然而，我還是覺得祖父對哥哥的態度多少有些過份。

例如，以前有一次祖父到我們家時，我在家門口的馬路上摔跤，膝蓋擦破了皮。本來這不是什麼大不了的傷口，大人通常只會笑罵我冒失，但祖父卻對和我一起玩耍的哥哥惡聲斥罵。

「你不是陪在弟弟身邊嗎？爲什麼會讓他受傷呢？」

「要事先預防危險，難道不是你的責任嗎？」

「這麼沒用，這個家要你做什麼？」

哥哥沒有回半句嘴，只是低頭默默承受，最後，斗大的淚珠滾落在臉頰上。我看了好難過，覺得都是自己害哥哥被罵，結果也在一旁陪著哥哥一起痛哭。祖父看到這情形卻說：「都是你哭，弟弟才會跟著哭。」對哥哥又是一番嚴厲斥責。

不僅如此，祖父從沒爲哥哥買過任何玩具或點心，卻對我和妹妹百依百順，我們要什麼就買什麼。至於對哥哥，總是一句「已經長大了」當作理由，連包牛奶糖也沒給過。差別到這種程度，我只覺得祖父是存心欺負哥哥。

所以，我不喜歡祖父到我們家。

只要祖父一來我們家，哥哥就變得很畏縮，連話也不敢講，平時開朗的樣子全然不見，一張臉就像一隻迷途的小狗，不敢出聲，就怕惹祖父生氣——只要有祖父在場，哥哥就是這副模樣。

那次，祖父在我們家住了三天，對哥哥的態度仍舊沒改變，只要哥哥的回答稍微慢了點，立刻引來一陣斥責。就連吃飯拿筷子都會遭到罵言。然而，對此哥哥卻一句頂嘴的話也沒有，只是默默遵從祖父的意思。就連父母親也不敢對祖父說什麼，家中就這麼陷入奇怪的緊張氣氛中。大概是受不了這種氛圍，祖父回去後，我便發燒而臥病在床。

「爲什麼爺爺要對哥哥你這麼嚴格呢？」額頭上覆著濕毛巾，我問。

「爺爺以前在軍隊中可是個強人，到現在還改不掉當時的習性吧！」哥哥一邊替我搧扇子，一邊開朗地笑說著。

哥哥總是如此。明明是自己遭到不合理的待遇，說起來卻像是在談他人的事。

「那還是太過份了！哥哥太可憐了。」

「別這麼說。爺爺只是希望我將來成爲一個有用的人罷了。我一點也不覺得討厭喔！」

當時哥哥說的可是眞心話？現在已經無可考了，但我還是覺得他是在勉強自己。

幼年時，哥哥是我的驕傲。

讀書、運動不用說，尪仔標、打棒球也樣樣拿手。在鄰居孩子的眼中，哥哥是我們的英雄。而且，他對弟妹非常體貼。我發燒時，他會在一旁守護我，和妹妹一起玩伴家家酒也不會怕別人笑。不用祖父多嘴叮嚀，哥哥也已經是最好的哥哥了。

「繼承家業眞辛苦。」我從棉被裡看著哥哥說道。

祖父家在枥木的村子裡有一棟大房子，詳細家系我也不清楚，反正就是哪裡的旁支吧，爲此，祖父對孩子們的教育相當嚴格，應該是希望他們能夠繼承吧！

父親和我一樣，上頭還有位哥哥。應該是哥哥繼承了祖家，爸爸才會毅然來到東京經營玻璃屋。可是，那位哥哥（也就是我的伯父）在還沒有生出子嗣之前就因腸病菌去世，於是，繼承祖家的問題突然落到父親的頭上。

對深知鄉下生活艱辛的父親來說，這無異是叫人不敢領受的好意。表面看是數十代相傳的名門，說穿了不就是鄉下地方的小地主嗎？應該還不至於爲了繼承問題而引發大騷動吧！因此父親決定不回鄉下。就這樣，在我和哥哥不知情的情況下，父親和祖父有很長一段時間各執己見，持續冷戰，最後兩人好不容易和解了。那是因爲他們後來做了決定，等我們兄弟長大後，其中一人要繼承祖家。

這種事想都不用想，當然是由哥哥來繼承。所以祖父才會對他有特別的期許，甚至過度要求吧——我是這麼想。

「不……繼承鄉下祖家的是啓介。」

哥哥說著，在我額頭上換上新的濕毛巾。

「什麼？你是長男，人選當然是哥哥你啊！」

對於我的話，哥哥只露出一抹落寞的笑容。至於爲什麼會如此，哥哥並沒有告訴我。

4

之後，那可疑的貼紙在鎭上到處都可不時看到。

就我所知，那些貼紙上的內容不外乎是「見不到秋天」和「在夏日之間」交互替換。對這般死纏爛打已忍無可忍的哥哥，決定和阿泰、阿廣一起去找那個戴學生帽的少年，卻始終沒有發現他的蹤影。

「搞這種惡作劇實在無聊透頂！讓我抓到一定把他揍扁……」哥哥幾乎每天都這麼說。

看到他氣呼呼的樣子，說也奇怪，我就格外有精神。只要能和哥哥在一起，我什麼也不怕。

或許，那個戴學生帽的少年真的怕了哥哥，所以趁著只有我一個人獨處的那一天，他悄悄然地現身了。

我看到那個少年，是時序剛進入八月的時候。

那年夏天的雨水特別少，東京呈現缺水狀態，氣溫持高不下，強烈的陽光照射在屋頂上，每天都像是火燒屋簷。

然而那一天，彷彿是從北方吹來了成群的風，天氣倒是出乎意外的涼爽。大夥兒難得展開緊蹙的雙眉，過了一個舒爽的夏日。

平時我大都和哥哥的朋友們一起玩。但學校放長假時，偶爾我也會懷念自己的同學。那天，我到經營回收業的同學家玩，就在他們家回收場的角落邊玩了一整天。

那邊堆放了各式各樣的空瓶罐，只要不妨礙大人工作，任我們怎麼玩都無所謂。對孩子們來說，這裡無異是遊戲天堂，我和同學一會兒爬上舊報紙堆成的假山，一會兒又從報廢的電視機裡取出強力磁鐵，簡直是玩得樂不思蜀。

好不容易玩累了，終於甘願打道回府。在夕陽染紅的狹窄巷道獨自走著時，我感到身體有些不舒服。

大概是在佈滿灰塵的場所到處亂跑的關係，我感到支氣管口有東西咕嚕嚕響，於是輕輕咳了一聲；而且氣溫驟降，對自己絕不是好事。

（得趕快回家。）

我突然警覺到引發氣喘的條件都具備了，於是加快了腳步。離父母親和我的藥太遠，讓我感到極度不安。

遇到那少年，是在離我家不遠的一條小路上。就在我彎進小路時，望見一個背對夕陽、唐突立在無人小路正中央的身影。

不知從哪裡傳來收音機的聲音，正播放著棒球賽；當時很少人家擁有的某間浴室則飄著柔和的湯氣；除了這些音聲氣味，還混著類似米飯餿掉的腐臭味。我隱隱約約只記得這些。

起初，只覺得眼前的小孩我沒見過。但當我漸漸走近時，我忽然意識到，他就是那位四處張貼紙張的少年。因爲他的一身打扮正如舊書店老闆所形容的那般。

即使在夏天裡，他仍舊穿著高領的長袖上衣，藍色學生帽也壓得低低的；下半身是短褲配上黑襪子，皮鞋已經有些褪色了。從正面看不清楚，不過他好像是背著書包，但不像是我所背的那種黑色箱型書包，而是有點粗糙、舊款的；肩頭上咖啡色的皮帶也已經剝落。

少年——如果他到處張貼的紙叫做「天狗的匿名信」，那他就應該被叫做「天狗」吧——好像是要擋住我的去路似地站在路中央，靜靜注視著我。話雖如此，當時我並沒有清楚看到他的臉，只是覺得他既然衝我站著，應該就是這樣吧！

（到處張貼紙張的傢伙！）

腦中閃過這念頭時，不知爲何，我的雙腳竟然無法動彈，就像被人從腳踝處給按住似的，一動也不能動。

最後，在朱色的逆光中，少年朝我走近。他彷彿喝醉酒般，踩著略帶踉蹌的腳步。

隨著他越來越靠近，一股腐臭味也越來越濃。我想大聲吼叫，卻喊不出聲，喉嚨像是被空氣硬塊給堵塞住，就連呼吸都覺得困難。

就在我前方一公尺的地方，少年站住了。做出簡直像是齒輪轉動似的笨拙動作，少年朝我遞出一張紙。上頭果然是以前看過用金釘文寫的字。

カラスヤノアサイケイスケハカナキサタメ

（玻璃屋的淺井啓介，短暫虛幻的一生）

就在我看著文字的瞬間，少年突然抬頭朝我咧嘴一笑。

數秒之後，我失去了意識——禁不住那份驚恐，我當場昏厥過去。

被路過的人發現時，聽說我全身痙攣，不住顫抖，甚至還尿失禁。後來是附近的人通知我父親，父親才趕來把我帶回家。

接下來就是沉沉的昏睡。等我再睜開眼時，發現自己蓋著棉被躺在家裡的床上。外頭已經是深夜，和父母親一樣紅腫著雙眼的哥哥，一臉不安地看著我。

「醫生說查不出你哪裡有毛病。到底怎麼回事？是不是氣喘又發作了呢？」父親握著我的手，平靜地詢問。

然而，我卻不知該如何說明。

我該如何告訴他們，我在路上遇到了一個少年，沒有眼睛沒有鼻子，只有一張血盆大口，笑起來就像在平滑的皮膚上綻放了一朵花……

5

從翌日開始，我就無法下床。

原因不明的微燒一直持續著，腦袋裡彷彿籠罩著一片濃霧，朦朦朧朧，不管再怎麼昏睡，都無法眞正入眠，體力也始終無法回復。曾到過大醫院重新檢查，卻查不出有什麼異狀，就連醫生也只能搖頭而已。

「啓介，你要振作點！」

這期間，哥哥幾乎是整天陪在我旁邊，就算朋友上門找他出去玩，他都一概拒絕，一直在我的視線範圍內活動，對我呵護備至。

我已經不記得是在什麼情況下說的，不過，我曾經這麼問過哥哥：

「哥哥，爲什麼你對我這麼好？」

哥哥笑著說：

「因爲啓介是我最寶貝的弟弟啊！」

我很驚訝他竟這樣回答。若換成是妹妹生病，我都不知道自己是否也能這麼細心照顧她呢。哥哥眞的是太體貼了。

好像看穿我的心事，哥哥這麼說：

「如果你喜歡人家對你溫柔體貼，那你也要對人溫柔體貼呀。若大家都如此，那麼全世界的人都會變得溫柔體貼。」

光是想到這句話，哥哥就是我最大的驕傲。這麼棒的哥哥，相信這世界再也找不到第二個了。

和哥哥分離，事出突然。

那天，正好是我臥病後一個星期。我躺在棉被裡打盹，當時究竟是清醒著還是睡著了，自己也不太清楚。

「喂！啓介！」

突然聽到門後有人在叫我。

我睜開眼睛，卻不見半個人影。雖然從工作室那頭傳來父親切割玻璃的聲響，但是媽媽和妹妹都不在，就連哥哥也不見蹤影，只有落日餘暉從窗簾隙縫中照射進來。

「啓介，阿則在找你，趕快到我們常去的公園喔……」

沒錯，那是阿泰的聲音。我從被窩裡爬起來，蹣跚地走到門後張望，卻沒有見到半個人。

（哥哥上哪裡去了呢？）

昏昏沉沉中，我回想著，隱約記得剛才臨睡之前，哥哥好像說過「書都看過了」、「《格林童話》和《日本昔話》也早就翻爛了」。

（對了，哥哥說他要去幸子書房。）

我終於想起來。哥哥一定是趁我睡著時，趕忙到幸子書房採購新書吧！

可是哥哥爲什麼又會找我呢？難道發生了緊急事故嗎？

不知道爲什麼，當我前往覺智寺後頭的公園時，一路上竟然沒有碰到任何人。原本人來人往的道路，就像是大家事先約定好了一樣，居然沒有半個人在走動。

終於，我來到平時常去的公園。一樣的，也是沒有半個人影。倒是夏日夕陽將公園裡的溜滑梯和鐵架的影子拉得長長的，像是什麼怪物似的。幾隻蝙蝠不停地在我頭頂上畫出糾纏的軌跡。

我眺望公園四周，尋找哥哥的蹤影。

「哥——」

當我開口呼喊時，突然一陣涼風襲來。風裡混著令人作嘔的米飯腐臭味，我忍不住摀住口鼻，同時感到情況有異，我本能地朝公園裡頭望去。

什麼時候出現的——那個戴學生帽的少年，正站在公園角落的路燈下。幸虧有帽簷遮擋，黑影蓋住了除了光滑一片外什麼也沒有的臉，只看到像花朵般的紅唇。

和之前一樣，在看到對方的瞬間，我全身馬上動彈不得。上半身還好一些，腰部以下卻像是被人用水泥給固定在地上了，一動也不能動。看到我這副狼狽樣，少年緊抿的唇角咧開了一下。

最後，就像上次遇到時一樣，少年朝我的方向走來。仍是在我前方一公尺的地方停住腳步，接著，像齒輪轉動般笨拙，搖搖晃晃地把手伸到我面前。

不過這次他手裡沒有拿著任何紙張，只是張開指甲污穢的手掌，將掌心朝向我，似乎在告訴我：「抓住這隻手」。

當時我的心境，只能用「被蛇覬覦的青蛙」來形容吧！只覺得除了依照對方的話做之外，別無選擇，自己也不明白爲什麼會這樣。於是我朝少年伸出了手。

「啓介，別碰！」

突然，背後傳來哥哥的聲音。

我回頭一看，哥哥正氣喘吁吁地站在公園的入口處，一隻手抱著淺咖啡色的紙袋。

「不准你對付我弟弟。」

哥哥邊說邊拼命地跑過來，衝到我和少年之間，一手就把我往後推。這時候，我才像突然記起如何移動身子似的，整個人頓時從被縛綁的狀態中解放出來。

「哥哥！」

我緊挨著哥哥的背，哥哥彎過手臂緊緊握著我的手。

戴學生帽的少年仍然伸長著手，身體毫不退縮，嘴角浮現讓人不舒服的笑容。

「啓介，你先把這帶回去。」

哥哥說著，把手中的紙袋塞到我懷裡。

「我要和這傢伙說清楚，要不然他會一直纏著你。」

「不要，我們一起回去。」

我拉著哥哥的襯衫背部。

「好了，你別吵了。哥說的話你沒聽到嗎？」

被哥哥狠狠地甩開後，我踉蹌地跌在地上。那時雖然手肘擦撞到地面，但我不是爲了痛才哭的。

「哥──」

「我拜託你，趕快回家！」

我只能聽從哥哥的話，邊哭邊走。來到公園出口處時，我忍不住又回頭看了哥哥一眼。

哥哥也在看著我。發現我回頭張望，他抬起右手揮了揮。

當時哥哥的眼神既溫柔又堅強，就像獅子一般，但同時也流露出一抹深深的悲哀。

彷彿看盡人世的悲涼。爲什麼僅只十歲少年的哥哥，會有那樣的眼神呢？

當時的我一點也不明白。

6

「也不知道哪些部份是眞實的，不過我聽過這樣的事。」

幸子書房的老闆嘴角叼著煙說道，抽的正是紀念東京奧林匹克運動會的「奧林匹亞」牌香煙。

「從前，有個男人在街頭的電線桿上發現一張字體歪斜的紙。上頭寫著住在那條街上另一男子的名字。大意是說『某某人走或不走』。覺得好奇的男子於是找到那名男子的家，這才發現男子在數天前因染患重病倒臥病榻，而且命在旦夕。」

「這就是所謂的『走或不走』吧！」我附和地說道。

老闆輕輕點著頭。

「之後過沒多久，街上的電線桿上又有貼紙出現，寫著『某某人今夜力盡』。果然如其所言，那男子當天夜裡就命終身亡。」

「這就是您說的『天狗的匿名信』嗎？」

「唉，或許是吧！」老闆一臉抱歉的表情說著。

「您也跟我哥哥說過嗎？」

「我也是沒辦法的啊！少年仔老是纏著我，要我說給他聽。」

老闆邊說邊看著從我手中接過的白色紙張。

那上頭詳細畫著哥哥所穿的衣服和一些特徵，還附上他的相片。不過由於印刷不良，相片受到壓縮，看起來像是不同的人。

「也有一段時間了吧，完全沒有半點訊息嗎？」

對老闆的問話，我只能搖頭。

「好吧，這張紙我會貼在店門口的玻璃上……」

我遞給老闆的紙張上，用紅筆大大寫著：「尋找這個小孩」。

那一天，哥哥一直沒有回家。父親驚慌之下跑去派出所報案並四處找人。就連附近鄰居也都幫忙尋找，但始終不見哥哥的身影。

當然，我也把那個戴學生帽的少年，以及黃昏時在公園所發生的事說給大人們聽，卻沒有人相信我的話。

據他們的說法，那個時間點，父親正好在房間裡看護昏睡的我；而我所說到家裡來叫我的阿泰，當時也正好和家人去海邊度假，不在鎮上。

因此，我在公園和哥哥分手的說法，依大人的解釋，是在我發燒的狀況下所產生的夢魘。然而，放在家裡的那本《湯姆歷險記》又該如何說明呢？那是哥哥失蹤前在幸子書房買的書，就放在他託我帶回來的紙袋裡啊！

可是……就連我自己也不能確定。事實上，那天在公園發生的事，究竟有幾分眞實呢？我自己也不清楚。因爲，我後來是怎麼從公園裡走回家的，我其實一點印象也沒有。如果不是有那包紙袋的話，我可能也會以爲自己是在做夢吧。

「歐吉桑……那個戴學生帽的少年，到底是什麼啊？」我問著在書桌前將紙張塗滿漿糊的老闆。

「嗯，是什麼呢？」

「是不是幽靈啊？」

「……我也不知道。」老闆撇著嘴回道。

的確，這答案誰也不知道。對方究竟是什麼身分？和哥哥又談了些什麼？事到如今是沒有人知道了。可以確定的是，隨著哥哥失蹤，他的身影也不再出現。

「這樣可以嗎？」

最後，老闆在店門口的玻璃上貼上尋人啓事。

「您這麼貼法，會留下痕跡的。」

「沒關係。」

我和舊書店老闆並排站著看尋人啓事。

「令尊自己掏腰包製作了這些尋人啓事。你知道印了幾張嗎？」

「五千張。到處張貼後，已經剩下不到一半了。前陣子我們還到上野和日暮里的車站前去散發。」

聽到我這麼說，老闆用深有感觸的口吻說道：

「我聽說那孩子不是親生的。難得你父親有這份心……」

有關此事，我也是在哥哥失蹤後才第一次聽說。

哥哥不是爸媽的親生兒子，而是爸爸友人的孩子。朋友夫婦在一次車禍意外中雙雙殞命，遺留下尚在襁褓中的嬰兒。爸爸不忍心，所以收他做爲養子。

鄉下的祖父卻對此事極爲不滿。想到和自己毫無血緣關係的人，將來可能繼承歷代祖先遺留下來的土地和家業，他就滿心憤懟，所以動不動就拿還只是孩子的哥哥出氣。那完全是因爲他心胸狹隘使然。

「才沒有關係！哥哥是我們家的孩子，他永遠都是我的哥哥！」

「對不起，是歐吉桑說錯話。你說的完全沒錯。」

老闆對著我這個小孩子深深低頭致歉。

初次得知哥哥不是我們家的小孩時，我的確受到不小的震撼。然而更教我吃驚的是，哥哥竟然早就知道這件事。哥哥從小已由祖父那裡得知此事——只要一想到哥哥當時的心境，即使到了今天，還是不由得令我泫然欲泣。

簡直就像被哥哥給全部帶走了似的，從那之後，我的氣喘也完全好了。像是彌補幼少時的成長遲緩，現在的我長得和哥哥一樣，有著壯碩、結實的身材。

而如今，小鎮也完全換了風貌。

幸子書房早已收店。槐樹商店街則遭鄰近新成立的大型超市大軍壓境，往日的熱鬧景象已不復見；因孩童人口銳減，第三小學和第八小學也不再存在，現在兩者整合後以另外的名稱出現。

不過，至今我仍住在這小鎮上。因爲這裡是哥哥唯一的歸處，不能離棄。

偶爾，行駛過街道的車子發出逆火聲，會讓我產生錯覺，以爲是哥哥在打尪仔標。我有時會禁不住這麼想：說不定哥哥現在還是當初小孩子的模樣，在鎮上某個角落開心地打著尪仔標呢！

每每在這種時候，我會取出珍藏的「18號人」，思念溫柔、體貼的哥哥。

我又做夢。不知道在哪裡的電線桿上，貼著這樣的一張紙：

カラスヤノアサイヒテノリアスエ士ル

（玻璃店的淺井秀則，明日歸來）

書籤之戀

1

槐樹商店街位在東京下町，是以前就存在的商店街。

這條有遮頂棚的商店街長三百公尺，從肉店、魚攤到玩具屋、唱片行、咖啡館、小酒吧等都有，一家緊挨著一家。

商店街中央和一條窄巷的交叉處，有一間叫「沙瓦」的酒舖，門口擺放的小型收音機正響著。那是昭和四十二年九月。

「剛剛爲您播送的是The Carnabeats的『愛你愛你愛你喲』。眞的是一首洋溢青春與熱情的歌曲。」

邦子從店後門的空瓶置物場回來時，歌曲正好結束。邦子取下套在脖子上的毛巾擦汗，心裡有點失落。

（好想聽The Carnabeats的歌喔！）

收銀台旁擱著裝滿空瓶子的啤酒箱，已疊了兩箱，這些都得趕快扛走。正對著電風扇吹了一會兒後，邦子再度彎腰扛起啤酒箱。

就在這時候，一陣刺鼻的脂粉味傳來。原來是附近小酒吧「霞草」的媽媽桑走了進來。

「咦，這麼早就上班啦？」

時鐘的指針正要指向十一點。

「才不是。今天要去參加小學的觀摩課程。」一隻手捶著既痠又累的肩膀，媽媽桑說著。「帶兩個小孩眞累啊！既要顧這個，也要看那個，眞是折騰死人了。」

和經常發酒瘋的丈夫分手後，媽媽桑一個女人撫養兩個小孩。小孩子一個剛上小學一年級，一個三年級，都是最需要人照顧的階段。

（話雖如此，這樣也太招搖了吧！）

邦子由上往下打量了媽媽桑一身的打扮。

光是身上那件迷幻圖樣的洋裝，就叫人眼花撩亂；而剛讓美容院做出來的頭髮，在頭頂上梳了個大圓盤，活像女明星似的，整體看起來比她平日坐在店的吧台前還要盛裝豪華。這身打扮到學校，不會讓孩子們感到困擾嗎？

「今天下午送兩箱啤酒到我店裡，這沒問題吧？」聊完孩子的事，媽媽桑說。

「當然沒問題。」

邦子從收銀台下取出記事本，將客人交代的事項記錄下來。再過一會兒，哥哥和母親就會從醫院回來。不過霞草離店裡才五十公尺遠，萬一母親和哥哥有什麼事耽擱，自己也可以送過去。

「對了，邦子，上次跟你提的事，你考慮過沒有？」

聽到媽媽桑的話，邦子側了下頭——什麼事啊？

「唉呀，你怎麼給忘了呢？就是問你要不要到我們店裡打工的事啊？」

這麼一說，邦子想起兩個星期前好像是提過這麼一回事。不過，當時只當對方是在開玩笑，聽過也就忘了。

「邦子素顏時很可愛，若是化了妝一定更漂亮。我相信一定會有很多客人衝著邦子上門來的。」

聽媽媽桑這麼說，邦子心裡不禁要問：是真的嗎？

不是自誇，至今可沒有男性稱讚過她的外貌。大家不是誇她耐操，就是稱讚她夠堅強之類的。

「對不起，我哥哥和母親大概不會答應。」

回話時，收音機正好傳來熟悉的旋律。邦子心頭一震，順手將音量調大。

「接下來爲大家播放這首人氣急速上升、The Tigers的新曲『蒙娜麗莎的微笑』。」

對邦子來說，The Tigers猶如一道魔咒。當下她整個人像被點了穴道，動也不能動，只是屏氣凝神地側耳傾聽。明明就已經買了唱片，怎麼還會這樣呢？

「會喜歡聽這種歌，看來邦子還是小孩子哪！」媽媽桑聳了聳肩說道。不過這些揶揄的話都傳不到邦子的耳裡，她正陶醉在The Tigers甜美的歌聲裡，聽得兩眼發亮呢！

「不過也難怪你會迷上茱莉，他的確很帥。」

「雖然我也喜歡茱莉，不過我更喜歡莎莉。」（The Tigers是一九六〇年代後半日本極紅的男性搖滾樂團，茱莉是主唱，即著名的歌手澤田研二；莎莉，貝斯手，即今中生代演員岸部一德。兩人當時都特意取了女性的英文藝名）

「莎莉？哪一個？」

「個子最高的那個啊！演奏電吉他的。」

要解說就傷腦筋了。對於不懂The Tigers優點的人來說，再怎麼說明，對方都不會了解的。

「不好意思打擾你聽音樂。那麼，下午的啤酒就拜託你囉！」

媽媽桑自覺無趣地說完後，走出了店門口。「謝謝光臨——」邦子雖在背後追喊，語氣卻毫不帶感情。從播放The Tigers的歌曲開始，邦子的一顆心早飛到彼端了。

終於曲子結束，傳來主持人的聲音，邦子這時才深深嘆了口氣。

（The Tigers實在是太棒了。）

從收銀台下方拿出收藏的過期雜誌《平凡月刊》，邦子逐頁翻找他們穿著軍裝對著鏡頭微笑的相片。茱莉、太郎、莎莉、皮、陶波——今年二月，這五人組以一首「我的瑪利」出道，旋即受到大家的歡迎，人氣直追Blue Comets和Spiders。

當邦子看著相片心神恍惚之際，眼角突然掠過一個年輕男子行經店門前的身影。

（是莎莉！）

這一驚，邦子感到自己的心臟差點從嘴裡跳出來。她立刻扔下雜誌，跑到店門旁站著，目光緊追對方的身影。

男子穿著淺藍色短袖襯衫，手上抱著用書帶綑綁的書本，略長、柔軟的頭髮隨著腳步輕輕飄揚。

當然，他不是The Tigers的莎莉，不過，修長的身材和帥氣的風采卻和他一樣迷人。此刻雖然只能看到背影，但他的臉廓和莎莉確有幾分神似，或許還不致令人驚豔，但卻散發著一股優雅的氣質。

因此，打從年初見過他以來，邦子私下就暱稱對方爲莎莉。由於他始終抱著看似深奧的書本，所以邦子猜他可能是在附近租屋的大學生，至於進一步的情形就不得而知了。

邦子側身躲在店門旁，目光始終追隨著對方的背影。在這條充斥著便宜塑膠花飾的商店街上走著，爲什麼獨獨他的周圍彷彿連空氣都不一樣？再往前走，就是都營電車的車站，對方這時候一定是要去學校。

老實說，對邦子而言，他對她所產生的魔力遠遠超過莎莉。每每想到The Tigers總會讓邦子興奮不已；但看到眼前的這位莎莉時，卻會讓邦子的胸口感到鬱悶，甚至耳根子、手指尖都像火燙著般熱烘烘的。

（啊，一次就好，好渴望能和他說上話……）

望著那淺藍色襯衫的背影逐漸遠去，邦子深深嘆了一口氣。

2

當天下午，邦子將兩箱啤酒裝上手推車，押著車子走在商店街上。她儘量不讓車子受到震動，小心翼翼地護送前進。

（果然還是得自己送。）

邦子在運送的，正是上午霞草的媽媽桑交代的啤酒。

沙瓦酒舖除了自家人，本來就沒有其他店員。酒舖就由雙親、哥哥以及邦子四人一起經營。然而前年父親突然病逝，人手頓時不足。從那之後，哥哥便開始駕駛卡車到處送貨，店裡的事就由母親和邦子負責。或許是受到丈夫去世的打擊，不久母親也病倒了，血壓開始變得不正常，稍微動一下，整個人就頭暈目眩。

爲此，母親每星期兩次固定上信濃的醫院看診，來回也都靠店裡的卡車接送。所以，這段時間是無法送貨的，訂貨單也就擱置了一堆，因此，邦子想想，不如自己用手推車送貨還來得快一些。

邦子將客人囑咐的貨物送達後，推著空的手推車走在回程的街上。這時候的商店街，開始湧現爲了準備晚餐而上街購物的人潮。邦子得非常小心才行，否則這麼重的推車要是撞到行人，身上不立刻淤青才怪。

（怎麼又是這首曲子？眞的好悶。）

經過叫「流星堂」唱片行的前面時，裡頭的喇叭正好傳來「槐樹的雨停時」這首老歌。從外頭可以看到鼻樑高聳、酷似外國人的老闆正嚴肅地坐在收銀台旁。

難不成是因爲這裡叫槐樹商店街，唱片行老闆就把它當成主題曲似的整天播送？雖然偶爾也會換些不同的曲子，但或許是老闆個人的興趣使然，那儘是一些慢調、晦暗的曲子。明明時下就流行團體組合的歌曲嘛。

「東炸豬排，西大蒜，北天婦羅，南蒟蒻……」

好像是爲了對抗那煩悶的歌聲般，邦子邊走嘴裡邊小聲哼著曲子。這是最近最夯的諧歌「藍色眼影」，邦子經常聽到小孩子們扯著喉嚨亂唱，聽著聽著也就背起來了。邦子哼著歌，從一家小店前經過，走過兩三步後她突然停下腳步。

（剛剛閃過的，該不會是……）

可能是自己神經過敏也說不定。邦子原地倒退了兩三步。

那是以前就存在的舊書店，店名叫「幸子書房」，只有一位步入老年的男老闆在經營。所謂的「幸子」，似乎是老闆過世多年的妻子的名字。

邦子的眼睛越過入口的玻璃門朝內窺望，看到穿著淺藍色襯衫的男子正站著看書。玻璃門上貼著已經泛黃、尋找失蹤少年的傳單。由於被傳單遮住，邦子看不清楚裡面，但可以確定是他沒錯。

（果然是莎莉！）

那一刻，她的胸口一陣悸動，全身也跟著熱了起來。真是幸運啊，一天裡竟然可以碰到兩次！

邦子猶豫了半晌後，將手推車折疊收攏靠在舊書店的牆上。她脫下髒污的圍裙和穿指的毛手套，用手指迅速爬梳頭髮，清了清喉嚨，便推開入口的玻璃門。要是這時候自己能穿著上次在赤札堂買的短襯衫就好了……邦子不禁這麼想。

「咦，這不是邦子嗎？」

坐在店裡頭看報紙的老闆抬起頭，露出一臉驚訝的表情。獨居的年邁老闆，偶爾會上沙瓦酒鋪買威士忌；但邦子會到這舊書店來確實是很稀奇的事。

「請問……是不是有一本叫什麼『青洲之妻』的書？」朝角落裡正在看書的莎莉瞥了一眼後，邦子問道。

最近從報紙的書評得知這本書很暢銷，卻不記得書名。

「你是問《華岡青洲之妻》嗎？那本書才剛上市不久，像我們這種舊書店，還得再等上一陣子才有呢！」扭動兩道上仰的眉毛，老闆說著。

或許就是這兩道眉毛的關係，老闆常讓人覺得不是很和善。

「沒想到邦子你也會看小說啊？我聽你哥哥說，你只關心披頭四呢！」

眞多嘴……邦子不禁啞口。哥哥很喜歡外國的推理小說，經常上這裡買文庫版，一定是他來店裡時說的。

「雖然和哥哥興趣不一樣，我也經常看書喔。」

邦子略微裝腔作勢地說著，眼睛又往莎莉的方向瞄了一眼。

對方顯然絲毫不受邦子和老闆對話的影響，只是站在鄰近玻璃門旁的書架前翻閱一本厚厚的書。他的脊樑骨挺得筆直，很優美的站姿。

「對了，邦子，你現在有時間嗎？」老闆折著報紙，突然問道。

黃昏時分在這條商店街上還不顯忙碌的，恐怕就只有這家舊書店了。老實說，邦子也得趕快回店裡忙去了。

「十分鐘就好，可以幫我看一下店嗎？」

「有什麼事嗎？」

「去買一下東西……本來中午要買的，卻給忘了。」

「十分鐘的話還可以。正好我也有書要看。」

「不好意思，那就麻煩你了。」

說完，老闆用手刀模仿相撲比賽中勝利選手的手勢後，就急急出門。

萬萬沒料到店裡會只剩他們兩人獨處。邦子隔著低矮的書架和莎莉背對背站立。

邦子偷覷了他一眼。對方仍舊專心看著書。

究竟看的是什麼書啊？邦子極目所及，那是本毫無插圖、只有細小文字爬滿頁面的書。

（要不要去跟他說話呢？）

邦子想著，手裡翻著一本連書名也沒聽過的小說。當然了，那些印刷字的意義壓根沒進到邦子的腦裡，只是看著那些字體，她忍不住讚嘆日文字的字形何其美妙……總之是翻轉著一些毫不相關的聯想罷了。

突然，邦子想到高中時自己喜歡上某個男孩子的事。

他是籃球社的，也同樣身材修長，是邦子隔壁班的男同學。雖然很少碰上他，但只要看到他的身影，邦子一整天都會覺得很幸福。然而邦子唸的是高職學校，男學生和女學生的人數比較起來可說少得可憐，因此，情敵也就特別多。就在邦子還鼓不起勇氣加入爭奪戰時，男孩子已經成了班上同學的男朋友。結果是連句話都沒談到，這場戀情就無疾而終了。

如果這次什麼都沒做，一定又會重蹈覆轍。非鼓起勇氣不行……正當邦子這麼想時，突然聽到莎莉園上手中書本的聲音。

邦子屏息回顧。只見莎莉將書本塞回書套，擺回架上。接著，他輕輕咳了一聲，朝這邊看了一眼。就在兩人四目相交的那瞬間，邦子覺得自己整個人幾乎要不能呼吸，臉燙得直燒到耳根子。也不知道對方是否察覺到自己的狼狽樣，只見他略略點頭微笑後，就走出店門口。
（他跟我打招呼！）
不過就是一個招呼，卻彷彿整個世界都變了。邦子不由得在心裡慶幸：老闆不在，實在太好了！
究竟莎莉都看些什麼書呢？此刻邦子就站在方才莎莉站著的書架前。
並排在眼前的都是一些艱深晦澀的書，如什麼經濟學的序說，或什麼比較文學便覽，這些書籍可以說和自己這輩子注定無緣，連它們的內容究竟講些什麼都難以想像。
在這些意義不明的書背間來回梭巡，最後邦子從書架上取下一本書。
這本確實是莎莉剛才翻閱的書。邦子認得在書套下方有一條粗線的設計，應該沒錯。書名是：《私家版・地獄的季節研究》（《地獄的季節》，*A Season in Hell*，爲十九世紀早慧傳奇的法國象徵主義詩人藍波——Auther Rimbaud，或譯爲「韓波」——的作品）。
（是恐怖小說嗎？）
由那書名，邦子不禁聯想到孩提時從覺智寺住持那裡聽來的地獄傳說——刀山、血池，以及犯了罪的人下到地獄所受的種種苦刑。當時住持邊說還邊攤開恐怖的畫軸給她看。

這書裡也記載這些東西嗎？邦子邊想著邊翻開書。結果，眼前浮現的盡是邦子從未看過及不解的陌生詞語，中間還夾雜一些不知是英文還是法文、像詩般的字體。

「啊，這是什麼？」邦子不禁失聲輕呼。

難道莎莉很稀鬆平常地就能閱讀這些書嗎？就算再給自己十年時間，她頂多也只能弄懂個兩三行吧！越看頭越昏，邦子索性闔上書本。

就在這時，她留意到有張小紙片夾在書本裡。

邦子再度打開書本，取下紙片。這紙片有些厚度，約是直立式名片再對切一半的大小。在它背面的角落處，有個以鋼筆墨跡寫著羅馬字的「Y・T」。

起先，邦子並不以為意。舊書店裡的書，經常會留有之前擁有者的痕跡。以前，邦子在其他舊書店買的二手漫畫書裡就夾著發票。眼前的情形大概也一樣吧！

將紙片夾回書中時，突然，邦子心中閃過一個念頭。

（這說不定是……）

方才閱讀這本書的人是莎莉——說不定，將這張小紙片夾進去的人就是他！邦子翻到書的最後一頁，上頭標示著「價錢五千元」。好貴啊！就算買四十瓶的瓶裝啤酒也還有得找呢！說不定這是一本値得珍藏的好書。

緊接著浮現在邦子腦海中的，可以說是戀愛中人的直覺吧！

說不定對方是買不起這麼昂貴的書，才利用空暇時間到店裡來看，每次看一點。而這張小紙片，一定就是標記他今天閱讀範圍的書籤了。這麼說，「Y・T」很可能是他名字的縮寫。

一旦這麼想，就更加認定自己的猜測無誤。邦子再次將小紙片拿在手上，深情地凝視上頭的文字。

（有了！）

突然想到什麼的那一刻，邦子差點忍俊不住。因爲發覺自己既傻氣又不知羞。可是，那念頭一直盤踞在腦海裡，讓自己愈加認爲這是個很不錯的主意。人，實在是很奇妙的東西。

如果這紙片是莎莉的書籤，那不久的將來，他一定會再來翻到這一頁，我何不也把信夾在裡頭呢？

要說直接和莎莉說話，邦子可是一點勇氣也沒有。只要被那個人的眼睛盯上一眼，自己的腦袋裡只會呈現一片空白。不過，若是寫信的話，不需什麼誇張的言詞，只是簡單的一兩句話……

一想到這裡，邦子立刻從夾在腋下的圍裙口袋裡，掏出記事本的小紙張和鉛筆。動作不快點，老闆就要回來了。

可是，寫什麼好呢？邦子絞盡腦汁，撕掉了好幾張紙。

好不容易才選到一句話：

好難的書喔！K．K

事實上這是口是心非，邦子心裡想寫的可不是這樣，但又不能造次。像這樣不得罪人的話還是最安全吧！

邦子將紙條和書籤一起夾進書本裡後，慌忙套上書套，擺回書架上。

（對方會不會發現呢……）

才這麼想時，書店老闆已經回來了。明明說是要去買東西，卻兩手空空地回來呢。

3

三天後的下午，邦子又來到幸子書房。

事實上，隔天她就想來了，但怕自己這麼經常出現會引起老闆的懷疑，才故意間隔一天後才上門。

即使如此，當她推開玻璃門、踩進店裡的那一刻，老闆還是一臉意外的表情。

「難得啊！沒想到邦子最近這麼常上我們的店。」

「嗯，哥哥託我來問，有沒有柯莉絲的什麼新書？」

其實哥哥根本沒有託她任何事，邦子不過是找個藉口罷了。

「不是柯莉絲，是克莉絲蒂。對了，你這麼一提，昨天書商進貨的書當中，好像有白羅系列。你可以等我一下嗎？」

老闆說完，轉身走向後頭。

老闆經常坐的書桌後頭，就是一間鋪著榻榻米的小房間，裡頭擺著好幾捆還沒拆卸的舊書。趁著老闆找書的空檔，邦子走到先前的書架前。

《私家版·地獄的季節研究》沒賣出去，還好端端地擺在書架上。邦子迅速把它抽出，從書套裡取出來。她急促地翻找——自己夾的紙條不見了，但先前看到的小紙片依舊留著。

（他看過了嗎？）

按捺住一顆忐忑不安的心，邦子取出白紙。原以爲這白紙和先前看到的是同一張，事實不然。

閣下是誰？Y·T

看到那漂亮的字體時，邦子差點驚叫出聲。

閣下是誰？沒錯，對方準是看到自己留下的紙條了，所以才會這麼回覆。

邦子不知爲什麼濕了眼眶，盯著那四個字一看再看。

「邦子，你對那本書有興趣嗎？」

突然聽到叫喚，邦子抬起頭。書店老闆手裡拿著兩本瘦長的書，正看著自己。

「嗯，我覺得還蠻有趣的。」用手指拭去不小心汩出的淚水，邦子回答道。

「喔，沒想到邦子對藍波的作品也感興趣，眞有些意外哪！」老闆以認眞的口吻說著。

「是啊，我從小孩子時就很喜歡看他的東西。」

作者是誰，邦子壓根不知道，但她不由自主地竟然就這麼信口而出。反正不外是寫「少年偵探團」什麼的作家吧……不，不，那個是江戶川亂步呀！（江戶川亂步之名乃取自美國作家愛倫坡之直譯日語拼音，邦子因此有此錯解）

「從小就喜歡嗎？這可不簡單！」

老闆拿起身邊一包HI－LITE，邊說邊從裡頭抖出一根香煙點上火。

「瞧你才看了一會兒就掉眼淚，顯然很喜歡這本書。雖然價格不便宜，但若是你喜歡，我可以算便宜點。只是，你如果眞要買的話，可能還要再等上一段時間喔……」

老闆說著讓人不明就裡的話。

「爲什麼呢？」

「其實有個人時常來看這本書。他是最近才搬到這附近的，還在研究所唸書，名叫高田。窮學生身上會有什麼錢？所以才會每天到店裡來看書，每天看一點！對了，上次你到店裡時，他正好也在。你完全沒有印象嗎？」

邦子故意側頭佯裝不知，心跳卻不斷加速……莎莉原來叫做高田。

「如果你想要那本書，可不可以等那學生看完再買呢？」

長得一臉不友善的老闆，意外地竟有副好心腸。邦子自己也感到鬆了一口氣，回答道：

「既然這樣，那也是沒辦法的事。」

最後，她替哥哥買了兩本克莉絲蒂的書。走出舊書店的玻璃門時，邦子忍不住露出笑容。果然自己猜得沒錯。

（原來是高田同學啊……不知道名字叫什麼？縮寫是Y的話，有可能是祐二或是祐介吧。）

邦子帶著合不攏嘴的笑靨漫步在商店街上，嘴裡很自然地哼起了那首諧歌：

「東炸豬排，西大蒜，北天婦羅，南蒟蒻……」

「閣下是誰」？該怎麼回答好呢？邦子陷入苦思。

無端告訴對方自己的身分，這種事太丟臉了，邦子覺得自己做不來。首先，既然是夾在《私家版・地獄的季節研究》裡面，就無法寫得太詳細。何況，偶爾也會有其他客人翻到這本書啊！

邦子決定，回信就用剪裁得像名片大小的千代紙的背面書寫。至少這樣的行徑比較像個女孩子。

愛慕你的女孩。

在千代紙的背面，邦子小心翼翼地寫著。那一刻，臉上感到一陣灼燙，她趕忙將紙給揉碎。

（不行哪！怎麼可以這麼莽撞……）

自己的房間裡明明就沒有其他人，邦子卻慌張得四下環顧。爲了愼重起見，她將紙張撕得細碎，再丟進垃圾桶裡。

敬仰你的女孩。

邦子繼續嘗試換個方式表達。這回比先前好一些了，不會讓人感到那麼難爲情；但總覺得太過率直，缺乏品味。有沒有再和緩一點的表達方法呢？對了！不要寫「女孩」這字眼。

敬仰你的人。

「人」這個字雖然有點生硬，但邦子覺得正好適合自己亟欲表達的心情。

（這個不錯！）

邦子相信，自己想要表達的心情終有一天會傳達出去，但此時此刻絕不能操之過急。萬丈高樓平地起，一開始絕對不能造次。

敬仰你的人……

邦子在千代紙上寫了又寫，最後從裡頭挑選出自己最滿意的一張。

希望莎莉能發現這紙條並給予回信……邦子朝著覺智寺的方向默禱。

隔天傍晚，邦子將寫在千代紙上的回信塞入口袋，前往幸子書房。

雖說是傍晚，然而天色猶亮。書店裡難得還有幾位客人駐足，老闆正和一位學者氣質的人在交談，邦子踏進店門時，他只招呼了一下。對邦子來說，這反倒是難得的機會。

她從原先的書架上取出《私家版・地獄的季節研究》，立刻閃到其他書架後頭。位置上雖然離老闆更近了點，視覺上卻不容易被發現。

翻到先前夾著書籤的書頁，裡頭仍舊是那張「閣下是誰？」的紙條。邦子迅速取下那張紙，換上自己寫的千代紙。這麼一來，莎莉一定會看到了。

令人驚訝的是，沒多久就收到了回信。

兩天後，邦子再度前往幸子書房。和先前一樣，仍是避開老闆的視線，翻書尋頁。結果，自己夾的書籤不見了，裡面是和之前一樣材質的紙條。

真高興認識你。Y・T

看到這句話時，邦子胸口的悸動比上一次更加激烈。

那個人肯定自己的存在——一想到這裡，邦子高興得快要飛上天去了。

之後，每隔三天邦子就會往幸子書房跑。老實說，要是可以，她希望天天都能去，但總要顧慮老闆的眼光。一向對書本不感興趣的人，突然天天上門找書看，再怎麼說都會啓人疑竇吧？

事實上，老闆曾詢問過一次。

「邦子，最近常來啊！」

不過，邦子早就想好如何應對了。

「是啊，那本書不是很貴嗎？我也想學您說的那個學生，每天都來看一點，這麼一來，我也可以不用花錢買這本書了。」

「唉呀，如果大家都這麼做，那我可要關門大吉了。我看還是你們倆一起出錢買了那本書吧！」

「才不要呢！您別開玩笑了，我連那個學生是不是長得三頭六臂都還不知道呢！」邦子回道，故意佯裝不知對方是誰。

「你是指高田同學嗎？我是不清楚啦，不過外表看起來，倒是個知書達禮的好青年。」

老闆說著，臉上不禁然浮現出某種懷念的笑容。

4

接下來，奇妙的書籤交流持續往來。

就像是車站留言版上的留話，邦子對於自己的事，儘量含糊帶過。而對方好像也是如此，只寫些無傷大雅的話。

你也喜歡藍波嗎？Y・T

學習中。K・K

藍波真的很了不起！Y・T

是呀。K・K

光是這樣的對話，就花了兩星期的時間傳達。雖說如此，卻是邦子至今從未有過、幸福的兩星期。

書籤往來產生了小小的變化，應是從對方寫了這樣的話開始。

閣下可是位女性？Y．T

這是邦子在無意中用了女性口吻的字眼「是呀」之後所收到的回信。

讀到這信時，邦子有點氣餒。多虧自己還特別選用千代紙書寫，看來，在這之前對方並沒發覺到她是位女性——一定是自己的字寫得太醜了。邦子比平時更加費心又費時地寫下回信。

我是二十三歲的女性。K．K

幾天之後，書本裡夾了張面積稍大的紙張；與其說是書籤，不如說是正式的信紙。

對於先前失禮的地方，十分抱歉。研究藍波的女性真的很難得。如果我有讓你不悅之處，還請見諒！Y．T

爲什麼只是那樣的寫法，對方就認爲自己生氣了呢？

邦子邊看著信邊思忖。

他一定是個能深刻體諒他人心情的人。如此這般不成樣的書信往來，他卻能每次確實回信，不難看出他是個對素昧平生的人也會眞心相待的人。這種人的確世間少有。

我一點也沒有生你的氣，只是懊惱自己字寫得太醜。不過，我已經盡我最大能力去寫了。K・K

對於邦子的信，對方的回信如下：

你的字裡行間充滿真心誠意，讀你的信，讓人很舒服。Y・T

看到這裡，邦子差點當場跳了起來——自己尚未透露身分，卻已經蒙受莎莉特別之青睞。

從那之後，邦子從與對方的通信中，感受到一種奇妙的親密感，好像兩人的心是緊緊相依相偎，溫存的話語也增加了。

近日時序已入秋，秋空碧澄，是我最喜歡的季節。Y・T

我也一樣。靜靜凝望秋空時，好像整個人都要被她給吸進去似的。K・K

你坐過飛機嗎？當飛機遨翔於秋空之上，那真的是很棒的感覺！Y・T

我沒有這種經驗，想必你曾經有過吧？真叫人羨慕。K・K

隨飛機遨翔於天際很棒呢，予人無限自由的感覺。不過長時間飛行後，還是會懷念地上的世界。Y・T

那是因為你是人類。不知道鳥類又是如何呢？鳥類也會眷戀地上的世界嗎？K・K

書籤信的來往，約持續兩個月的時間。將這所有的對話接續起來，大概不差過五分鐘就說完了吧！然而，就因爲其間有時間的醞釀，對方所說的每一字、每一句都叫人格外眷戀。

邦子非常珍惜對方傳回來的書籤信，幾乎每天都會將它們拿出來看一遍。看著看著，有時會產生一種奇妙的錯覺——對方或許是個老人也說不定。

會有這樣的感覺，是因為對方使用的字眼顯得有些老氣。比如說，現在已經不再使用的平假名「ゐ」字，對方卻極其自然地使用。第一次看到時，邦子還把它當「る」來唸呢！

為什麼對方要故意這麼寫呢？

邦子怎麼想也想不透。大概是頭腦好的人現在都流行寫古體字吧！邦子只能這麼對自己解釋。

《私家版・地獄的季節研究》一書中，就全部是古體字。對方或許是仿效書中的文字也說不定。

這段時日，邦子在商店街也曾幾度看過莎莉的身影。對方一向是身軀筆直、目不斜視地走在路上。有幾次，邦子差點按捺不住衝動想叫住對方，卻都未能付諸行動。那是因為邦子認為，一旦暴露身分，只怕兩人間的魚雁往返就會因此告終！

5

邦子的戀情奇妙地畫下休止符，是十月底的事。

那一天，哥哥和母親照舊到信濃町的醫院看病，只有邦子一個人看店。從一大早雨就下個不停，店裡幾乎沒有客人上門。邦子不時從收銀台下的抽屜裡拿出一個小而薄的袋子，看著裡頭的東西，一個人微笑著。

袋子裡裝的是聖母瑪莉亞畫像的明信片，是邦子特別跑到銀座去買回來的。

（不知道他會不會喜歡？）

想像這張圖繪明信片夾在書本裡的樣子，邦子就興奮無比。由於面積比之前的千代紙大了許多，得小心提防老闆看見，仔細藏好才行。不過這點應該沒問題吧，這兩個月來，爲了閃避老闆的視線，邦子早已練就眼明手快的身手了。

對方是宮崎出身，今年二十四歲，十一月初生日。這些訊息，是邦子數天前才得知的，是兩人從一些兩小無猜的對話轉到這話題上。

想送你生日禮物，不曉得你喜歡什麼？

懷著些許興奮之情，邦子在書籤信上問。很快就收到對方的回音：

很謝謝你。不過，得是可以夾在書本裡的東西吧！那就……容我任性，我想要一張聖母瑪莉亞的圖繪明信片。

這回信讓邦子多少感到有些意外。莎莉似乎是基督徒。

果然，連槐樹商店街都很難找得到聖母瑪莉亞的圖繪明信片。於是邦子特別跑到銀座去買。這是因爲她記得之前銀座附近好像有間專賣基督教書籍的書店。

買到圖繪明信片時，邦子下了一個決心。

她決定在圖繪明信片的背後，寫上自己的眞實姓名。藉著對方生日，讓他知道自己眞實的身分——邦子決定這麼做。

邦子很清楚，這麼做必須承擔相當大的風險。或許維持目前的書籤交往會幸福些也說不定，但自己若不跨出第一步，是永遠無法改變現狀的。

凝視聖母瑪莉亞乳白色的臉龐，邦子爲自己的幸福祈禱著。

等哥哥和母親回來，她就立刻到幸子書房去，然後將寫著自己姓名的圖繪書籤夾到書本裡——邦子這麼想時，彷彿算準了時間，攜帶型收音機正好傳來哀傷的旋律。

那首曲子邦子再熟悉不過了，是The Tigers的「蒙娜麗莎的微笑」。

平時讓人欣悅的曲子，獨獨這時候怎麼聽都覺得刺耳，曲調太悲傷了。這首歌講的是，在細雨綿綿的星期天，癡癡等候無法歸來的戀人。

（唱的眞不是時候。）

邦子正這麼想時，令人悲傷的事竟眞的發生了——莎莉本人突然走入店裡，身旁還跟著一位身材嬌小、模樣可愛的女孩子。

看到這一幕時，邦子差點驚叫出聲，不過，她還是拼命咬牙強忍住。

「我要一瓶袋裝型的威士忌，還有兩瓶汽水。」

邦子呆楞了好一會兒，沒聽清楚對方說的話。

「喂，小姐，你有在聽嗎？」

「啊？是……」

邦子連忙從冰箱裡拿出汽水。

「啓二，不一定要汽水啦，可樂也可以嘛！」

「威士忌對可樂？那是頭腦秀逗的人才會喝的。」

莎莉說話的方式，意外的讓人感到冷淡。大概是想在女朋友面前故意要酷吧！但不免讓人覺得有些俗不可耐，和他寫在書籤上那充滿誠摯的話語，似乎判若兩人。

「這是The Tigers的歌呢。」女孩順口說道。

「無聊透了！這也能稱得上是音樂嗎？」渾然不知自己被喚爲其中一名成員的名字，莎莉不屑地說著。「根本就是製造噪音嘛。」

自己心中所描繪的莎莉或許是別人吧！邦子心中想著。

就算是自己不喜歡的事物，邦子心中的莎莉也絕不會像這樣，在人前隨口批評。她心中的莎莉是個會體貼陌生人的人，是懷有一副溫厚心腸的人。

邦子將對方吩咐的物品裝進紙袋裡。莎莉掏出一張皺巴巴的五百元紙鈔，就像用丟的一樣扔在收銀台旁。他這副生意人和輕視金錢的態度，也和邦子心中的莎莉相去甚遠。

（或許他就是這種人吧……）

看著那個和女朋友手挽著手走出店口的背影，邦子不禁這麼想。

莎莉和自己的想像判若兩人，而且，在他身旁還有這麼一位可愛的女朋友。

難道自己和他竟是無緣之人嗎？

邦子發現那件重大的事情也是在這時候。

剛才那位女孩子叫莎莉「啓二」。夾在《私家版・地獄的季節研究》中的書籤主人，他的名字縮寫卻是「Y・T」。姓是高田的話，T字是沒問題，但「啓二」怎麼拼都不會是Y啊！

（難道那個人不是……）

難道一直以來和自己書信交往的對象不是莎莉，而是另有其人嗎？

那一瞬間，某種奇妙的感覺襲擊了邦子。她感到有人在呼喚她——不是在這裡，卻也不知是從何處……

（這究竟是怎麼回事？）

有人在呼喚自己。雖然很遙遠，但很清楚是喚著自己沒錯！

頓時，邦子腦裡閃過那本書。不知爲什麼，她突然感到坐立難安，顧不得沒人看店，邦子衝出店門，直奔幸子書房。

「怎麼了，瞧你一臉慌慌張張……」書店老闆驚嚇之餘問道。

邦子什麼也沒說，直接走到書架前，取下那本《私家版・地獄的季節研究》。從書套中拿出書，翻到夾有書籤的那一頁，裡頭夾著一張比以往更大的紙張。昨天翻書時還沒看到它。

邦子攤開信紙，迅速瀏覽了一遍。

致未曾謀面的你：

事出倉皇，須趕赴重任。明天，我就必須啓程。相識時日雖然短暫，卻令我非常欣喜。從未知曉你芳名，如今連詢問的機會都失去了。我想大概是上帝憐憫我即將赴義，所以才派遣你來到我身邊吧！願擁有美麗心腸的你，永遠幸福！

帶刀耀一郎

那字體和書籤上的一模一樣。可是，「帶刀耀一郎」是誰？邦子連聽都沒聽過。

突然想到什麼，邦子看了書本的封面：「私家版・地獄的季節研究　帶刀耀一郎著」。

看到作者的名字時，邦子感到像被一雙冰冷的手撫摸過喉頭。

這究竟是怎麼一回事？

「老闆，這本書的作者……」

「什麼，邦子，你居然不知道帶刀是誰，就想要買他的書嗎？」舊書店老闆露出一副難以置信的表情。「他和藍波都屬於早慧型的天才研究者。他當年參加神風特攻隊，爲國犧牲。對了……」

老闆說著，慢慢起身在店裡的書架間來回穿梭尋找，最後找到一本書。那是一本薄薄的書，上頭寫著書名：《散華　神風特別攻擊隊記錄三》。

「我記得這書裡好像有他的相片。」

老闆戴上眼鏡，開始翻找書頁。

「找到了，這就是他。」

老闆說著，將翻開的書頁遞給邦子看。那是一個光頭、穿著學生制服的男生，雖然印刷狀況不良，相片裡的人很小，但那雙溫柔的眼睛卻錯不了。

相片旁，用粗體字寫著簡歷：

帶刀耀一郎，宮崎縣出身。就讀東京帝國大學法文系時，發表過對於法國詩人藍波的研究，有早慧天才之稱。畢業時，志願加入第ㄨㄨ期海軍飛行科，以預備生的身分入隊。昭和十九年十月二十五日，在菲律賓的海戰中，以神風特攻隊的一員強行衝入聯合軍的驅逐艦，結束二十四年的生命。

讀著說明的同時，邦子感到自己的大腦深處正在劇烈搖晃。

一定是哪裡弄錯了，不然就是有人惡作劇……一直和自己籤息往來的人，竟然是幾十年前已經過世的神風特攻隊隊員；而且，今天正好就是十月二十五日！

「這本書是作者生前出版的唯一一本書。當時我還年輕，所以還記得，大家都說天才降世了，還爲此掀起一陣旋風呢！怎麼說，這本書出版時，他也才二十歲啊！」老闆珍惜地撫摸著封面說道。「畢竟那是物資缺乏的時代，聽說當時這書還印不到一百本。所以它可是相當珍貴呢！我還以爲邦子你早就知道了。」

邦子無言以對。過了一會兒，她低聲問老闆：

「作者會將自己的書帶到軍隊裡嗎？」

「會吧！本人應該會非常珍惜才對。」

「那這本書一定就是他身邊的那本。」

被喚做天才的俊少青年，在昏暗的微細燈火中打開此書，取出裡頭夾著的千代紙……

邦子好似能窺見這副光景。

「不會吧……」

「一定是！帶刀先生生前帶在身邊的，一定就是這本書，而且還是他遺留下來的唯一一項紀念品。至於它爲什麼會流落到舊書店裡來，我雖然不知道，但一定是這樣，一定是！」

「爲什麼你會這麼認爲？」老闆拿下眼鏡，一臉詫異的表情。

「我就是這麼認爲……」

邦子將書緊緊抱在胸前。

當天夜裡，邦子在自己的房間裡，將至今她所收到的書籤全都並排在一起。

說也奇怪，所有的書籤不知從什麼時候開始，彷彿歷時多年，都已呈現出茶褐色，墨水的文字也在逐漸消失中。解除了奇妙魔法的那一刻，時間似乎又回到了現在。

究竟有什麼神秘的力量附著在那書本上？相信就是再給自己幾十年的時間也參不透吧！

但邦子相信，在這短暫的時光裡，的確有股力量牽繫住昭和十九年和現下的昭和四十二年。或許眞如對方所言，是神的力量所牽引的也說不定。

那之後，邦子買下了《私家版・地獄的季節研究》。以後，雖歷經數次人生的轉折，但邦子始終未將 The Tigers的唱片和這本書脫手。

邦子今年即將迎接耳順之年。

女人心

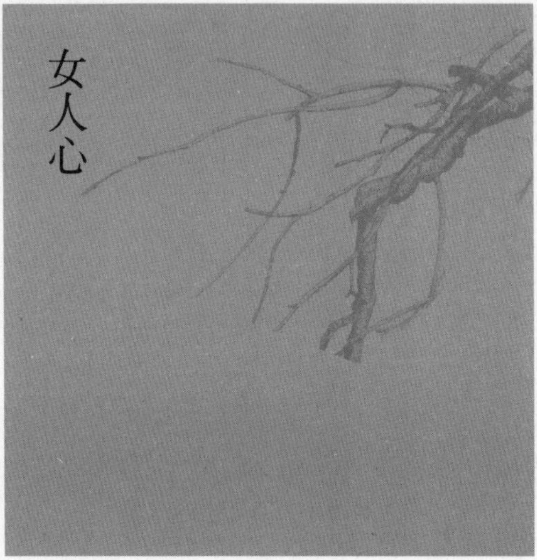

1

向來清脆悅耳的門鈴聲，這會兒聽起來卻顯得急促慌亂。

（來了！）

槐樹商店街主道旁邊的狹窄巷道裡，有一家門口擺著紫色招牌「霞草」的小酒吧。正在後頭廚房裡煮著金平牛蒡的初惠，從紅色門簾下探出頭來，環視一眼店裡。

果然，木製門扉前，站著氣喘吁吁的靖男。「準備中」的牌子，顯然一點也派不上用場。

「對不起，我們五點半才開門……咦，這不是靖男嗎？」

初惠故意裝作若無其事地招呼著。

「豐子人在這裡吧？」

這時候才下午三點，靖男卻脹紅著臉，一身酒氣熏天。眞是的，沒在賺錢養家的人，竟然大白天就喝得爛醉。

「你是說眞紀嗎？沒有看到人呀！」

「眞紀」是豐子以前在這家店工作時的花名。雖不像《源氏物語》裡的人名那麼誇張，但「豐子」這名字聽起來總帶點鄉土味，因此才取了「眞紀」這個名字。

「別想躲！人一定在二樓吧！」

穿過吧台前面八張並排的椅子，靖男一腳踩上廚房口的樓梯。

「等等，等一下！」初惠抓住對方的手腕往後拉。「不可以穿鞋子上去。最重要的是，不能擅闖別人的家裡！」

樓梯口雖然空間狹小，但還是有擺放鞋子的地方。樓上是初惠的住家，是兩間六帖榻榻米大的房間加一個洗手間的狹窄住家。房子雖小，但和兩個唸小學的孩子住起來，也還不至於有壓迫感。

「我找豐子有事。」

「我不是跟你說她沒來嗎？」

「喂！豐子，你給我出來！」越過初惠的頭頂，靖男朝二樓大聲嘶喊。

「你小聲點！今天我家小的感冒了，正在睡覺呢！」

初惠想把對方推回去，而靖男一百六十五公分的身材在男人體型中雖不屬魁梧，但畢竟女人的力量還是不敵。

「喂——滿智子，爸爸來了。」

這時，從樓上探出一顆小腦袋，是正在唸小學三年級的正二。他「咯咯」乾咳了幾聲，揉著惺忪睡眼。

「媽，什麼事啊，怎麼這麼吵？」

「你看，把孩子都吵醒了吧！」

靖男露出略感困惑的表情。他本性單純，是容易受騙的個性。

「豐子那女人帶著滿智子離家出走了。你要是見到她，叫她們趕快回來。」

「離家出走？你……又做了什麼嗎？」

「跟媽媽桑你無關。」

靖男只說了這些話，便垂頭喪氣地離開。事實上，他打麻將又欠了一屁股債，這點初惠早就知情。

看著那無精打采的男人走遠後，初惠重新鎖上門。剛才門是故意打開的。一旦不見豐子的人，他第一個找上門的地方就是這裡，如果店門上了鎖，準會激怒他使蠻力破壞。

「人走了。」初惠爬上二樓，嘆了口氣說道。

在擺放電視機的起居室裡，豐子抱著四歲的滿智子跪坐著。

「眞對不起，媽媽……」

豐子眼眶噙淚，低下頭去。

才二十八歲看來就已毫無生氣，飽受靖男蠻拳的左頰紅腫了一大塊。

「眞是的！夫妻吵架是你們自己的事，不要每次都往我這裡躲。」

「眞的很對不起！可是除了媽媽你，我沒有人可以依靠了。」

豐子出身北海道，當初跟著團體上東京來找工作。剛開始是做百貨店的店員，最後終於下海當起酒店小姐，幾經輾轉，來到這下町。她或許自嘆一生浪漫曲折，但看在初惠的眼裡卻毫不稀奇，不過又是個千篇一律的人生模式罷了。

她五年前在霞草上過班，但只待了兩個月就不做了。據她說的理由是，當時才開始交往的靖男覺得自己的女人在酒店上班，有失顏面。

當初只顧著自己就輕率辭職，如今，一遇上事情卻又跑來依賴初惠。還眞是會給人添麻煩哪！

「正二，你剛才做得很好。」初惠對著正和滿智子玩耍的兒子說道。

「呵，我早就習慣了。靖男叔叔來的時候，我就跟滿智子講，我們來玩『大野狼抓小羊』的遊戲，不管誰叫你的名字，都不能回答喔！」

我兒子還挺機伶的——初惠心裡想著。靖男朝二樓喊的時候，如果滿智子應了聲，一切就都完了。

「可是，眞紀啊，乾脆做個了斷吧！再這麼拖下去，滿智子也太可憐了。」

覺察到大人間要談話，正二貼心地抱起滿智子到隔壁房間。究竟這孩子的善體人意是遺傳自誰？是親眼目睹雙親互揭瘡疤後，自然地學會處世之道嗎？

「換成是我，那樣的男人早就一刀兩斷了。」

初惠也和丈夫分手了。

初惠的丈夫平時是個善良的男人，可是幾杯黃湯下肚，就整個變了個人。起先初惠還能忍受，但看到連幼兒都遭到暴力對待時，她毅然提出分手。聽說對方現在住在川崎，不過初惠從未主動與他聯絡過。

「畢竟他還是有他的優點。」

「是喔，沒事就打老婆出氣。他平常大白天就喝到爛醉嗎？」

出手打自己女人的臉——即使如此，豐子還在替靖男辯護，這點更讓初惠生氣。

初惠其實心裡明白。靖男長得帥，有點像電視劇「Key Hunter」裡的男主角谷隼人。

「眞紀，人不能被外表給騙了。外表長得再好看，不行的男人就是不行。」

「媽媽你可能不了解他。他眞的很體貼，時常會逗滿智子玩。」

「不陪自己的孩子玩，那是要和誰玩？」

初惠越聽火氣越上來。她實在不懂這種「女人心」，寄望不行的男人有一天會覺悟，會徹底改變——竟然會相信這種不可能的事。

初惠三十歲時開了這家小酒店。在這之前，她也在其他酒店待過，看過各式各樣的女人。她發現，日後能擁有自己的店面，或找到好男人結婚成爲一般主婦的人（這兩種結果在某個層面來說，都是陪酒小姐最好的歸宿），都有一個共同的特性。

那就是，對該斷絕關係的男人絕不躊躇。

當然，也不是想斷馬上就能斷。但對於只會給自己的人生帶來負面影響的人，不管男女，毫不猶豫、當機立斷的做個了結，那些成功的女性都能做到這一點。因爲她們明白，負面的東西只會產生更多的負面而已。

不過，也不乏像豐子這樣，明知對方只會帶給自己悲慘的人生，卻還是無法割捨，陷在無用的感情裡無法自拔。

過去，酒店裡的姊妹們都揶揄地叫它「女人心」。或許聽起來令人感到冷淡、無情，但這時候它與「懦弱的心」無異於同義詞。但事實上有很多這樣的女性，其結局若不是和對方一起沉淪下去，就是走上不歸路，最後遭到遺棄……

「這樣下去，只會害了滿智子這孩子。你要趕快下定決心。」

「雖然媽媽你這麼說，可是，我還是覺得將來有一天他會覺醒的……」

眞是叫人不敢恭維。初惠心想，該覺醒的是豐子你自己吧！不過，就算跟她說了也是白說。

這就是所謂的「女人心」啊！

2

豐子的住家是位在覺智寺附近的便宜公寓，一到晚上，四周便變得漆黑、靜寂。不過這寧靜的環境，倒也適宜人居。

靖男原是樂團的成員，聽說鼓技還可以。西鄉輝彥剛出道時，靖男還曾擔任過他樂團的鼓手——這是唯一讓靖男自負的地方。最後是敗在酒和賭這兩件事上，如今也就靠打柏青哥和麻將在過日子；就像畫在圖畫上那麼清楚，是屬於墮落型的人。從這一點來看，豐子和靖男倒是物以類聚的夫妻。

靖男突然傳出死訊，是十月初的事。

死狀可說悽慘。他在鶯谷的立飲酒屋和隔桌的客人吵架，正要逃走時，摔了個倒栽蔥，後腦撞在柏油路上，後來由救護車送往上野醫院，當天人就斷氣了。聽到這消息時，初惠不禁想：「連死都不像個樣……」雖然相識多年，但想到對方連死都死得這麼荒謬，她實在擠不出眼淚。

和她比起來，豐子的失態眞不是一般可以形容。整個告別式從頭到尾，她就只是抱著棺木哭得唏哩嘩啦，好像全然忘了還有小女兒的存在。這段期間，滿智子只得由初惠的小孩珠惠和正二負責看顧。

初惠代替成不了事的喪主和葬儀社的人洽談所有喪葬事宜。只不過在自己店裡上了幾天工，爲什麼就得爲她打點這麼多事情？初惠不是沒有想過這問題。但她若放手不管，事情不會有絲毫改進。初惠是那種覺得與其嘴上抱怨不如自己動手處理還比較快的人。

不過，看到豐子哭得死去活來，初惠也忍不住動了氣。

如果哭能讓死去的人復生，那豐子要怎麼哭，她都不會管。可是，多餘的淚水根本無濟於事。眼淚，是要讓人記住它的味道以便重新奮起的；光只是哭的話，小貓小狗也做得來。

雖說如此，豐子還是抱著棺木哭個不停，完全不顧一旁嗷嗷待哺的稚子，是沉浸在自己的哀傷裡。那也是「女人心」吧！

雖說可憐，但眞紀應該會因此而得救吧！看著幾分酷似谷隼人的靖男遺像，初惠心中想著。

起初雖然悲痛逾恆，不過死去的人終究會遠去——人，是善忘的動物，悲傷也好，歡喜也罷，都會隨著時日的消逝而過去。等到心情平復之後，再重新踏出步伐吧。

想到這裡，初惠索性讓豐子哭個夠。

靖男過世約兩星期後，初惠到豐子的公寓探望。頭七之前，初惠每天都過來幫忙料理吃食，也放了些現金以備豐子母女不時之需。她會這麼做並不全然爲了豐子，而是擔心年幼的滿智子。但總不能一直這樣照顧對方。對他人的好意一旦習以爲常，豈不反害對方成了愚騃之人？這麼想之後，初惠才決定儘可能少露面。不過她也告訴豐子，若碰上困難，隨時可以到店裡來。然而，對方卻一通電話也沒打來過。不知她過得還好嗎？

初惠敲了敲門。

「啊，媽媽，好久不見！」

意外地，前來應門的豐子一臉開朗的表情。

「怎麼樣？一切還好嗎？」

「很好呀，都是託媽媽的福！」

輕快的語調，讓人感到對方的好心情。頭七時天天過來探望，當時豐子還終日以淚洗面。怎麼才一星期的時間就回復元氣了？初惠與其說放心，不如說更覺得古怪。

「對了，眞紀——」閒談了二十分鐘後，初惠提出建議。「想不想再回到店裡上班呢？」

不是自負，而是霞草長期性人手不足。目前在店裡上班的有兩名小姐，不過其中一個正考慮跳槽到薪水更高的酒店上班，而且似乎心意已決。因此，初惠得趁早找到人手遞補才行。

「接下來你可是要自己掙生活費啊！到我店裡上班你也比較輕鬆。你上班的時間，滿智子可以留在二樓。」

之前，顧慮到靖男的面子，豐子不得不辭去工作，但現在已經沒有這層顧慮了。雖然給的薪水不高，但考慮到滿智子的狀況，整體條件應該是不錯了。

「媽媽，眞的很對不起！」在初惠還沒把話說完之前，豐子便打斷了她。「陪酒小姐的工作，我們家那口子不會允許的。」

初惠冷不防被潑了盆冷水。她萬萬沒料到會遭到拒絕，尤其是以這樣的理由——

「可是……靖男不是已經死了嗎？難道人都死了，你還要守著他生前說過的話嗎？」

「靖男沒有死。」豐子突然瞇起一雙大眼睛說道。「的確，他的肉體已經不存在了，不過他還活著。」

「你在說什麼啊，眞紀？」初惠差點忍俊不住。

「眞的！一過完頭七，他就回來了。」

「怎麼可能？」

「我沒騙您。每天晚上十一點的時候，他一定回來。而且，雙腳也都還在……爬樓梯時，還可以聽到他的腳步聲呢！他進屋子裡來，吃完飯、喝完酒後才又離開。」

怎麼會有這麼荒唐的事！初惠心裡想著。

「媽媽，您不相信吧？」對著一臉驚異的初惠，豐子笑問道。

「你突然跟我說這種事，教我怎麼相信？」

「可是我說的都是眞的，他就從那個門走進來，坐在這小茶几前吃飯。你看——」擺在濾籃裡的食器中，有一副男人用的茶碗倒蓋著，還有一雙新筷子。

「我告訴他，以前他用過的碗筷在告別式時都燒掉了。他很生氣……我才趕忙又去買了新的回來。」

在告別式上，將故人使用過的茶碗、筷子燒掉是傳統習俗，用意是要告訴再回來的亡靈，家裡已經沒有他的食物了——靖男的碗筷在和尚誦完經後，已經按照指示燒掉了。

（靖男的……靈魂嗎？）

眼前嶄新的碗筷給人極度不協調的感覺。初惠的視線回到豐子的一雙眼睛上。就在那一刻，初惠發現在豐子身上有一股奇怪、無法解釋的詭異氣息。

豐子的眼神顯得有些慌張，身體無意識地微微顫抖。正面看，眼睛不自然地往上吊，那表情看起來很像是一張狗臉。

（到底怎麼一回事？這孩子……難不成給哭壞了腦子？）

精神受到太大刺激時，臉會變得像狗一樣——初惠記起客人中曾有人這麼說過。簡直就像被狗、狐狸給附身。以前的人大概是看到這樣的表情，才會聯想到是被狗神或狐狸給附身了吧！

初惠感到自己的背部一陣寒意。

「我要尿尿。」

話說到一半，豐子突然起身，走到廚房邊的廁所。那大剌剌的行徑一點也不像豐子本人，以前的豐子一定會羞赧地悄聲離座。

「滿智子，剛才媽媽說的話，是眞的嗎？」

轉向一旁獨自在玩積木的滿智子，初惠小聲詢問。

四歲的女娃仰起臉，默默看了初惠的臉半晌，最後像是承受不住腦袋瓜子的重量，重重地用力一點頭。

「是眞的？阿姨有點懷疑耶。那不就成了……」

幽靈！初惠差點脫口而出。父親成了幽靈……怎能對小孩說這樣的話啊！

「爸爸回來了，眞的。」滿智子的視線回到積木上回答著。「昨天也是吃那些飯和喝酒，而且好像很好吃的樣子。」

初惠感到背脊樑又是一陣冷颼颼。

眞的是靖男回來了嗎？還是說，連這麼小的女娃兒都在配合精神不穩定的母親呢？不管哪一種情形，都叫人不寒而慄。

「不會害怕嗎？」

「不會。雖然我不怕，可是爸爸好可憐。」

「爲什麼？」

「因爲從他腦袋後面流出好多血啊！」

3

有這種事嗎？去世的人，這麼快就變成幽靈回來了？

初惠對於肉眼看不到的世界，並不敢否認它的存在。譬如，她在母親去世時做的夢，就是一個例子。

初惠的母親是在四年前一個盛暑突然心臟病發去世的。過世前一天，根本什麼徵兆也沒有，甚至本人還神采奕奕的，因此，沒有人預知不測。然而，初惠在前一天晚上（應該說是凌晨），卻做了一個再清晰不過的舉辦告別式的夢。

夢裡，弔唁者嘈雜的說話聲和裊裊的燒香景象是那麼眞切，但夢中的初惠卻感到胸口難過得無法呼吸。

聽到母親的死訊時，初惠第一個閃過的念頭就是，那是夢兆。是在肉眼看不到的冥冥之中，告訴她母親大限即將到來吧！其實多虧那樣的夢，初惠才會想到要跟許久沒聯絡的母親請安。也因此，初惠得以在母親去世的幾小時前聽到她的聲音。

正因為有過這樣的經驗，對於肉眼看不到的世界，初惠寧可信其有。活著的人所能認知的世界，不過是無垠宇宙中的一小部份罷了——初惠不禁有這樣的想法。

然而這樣的初惠對於豐子所說的話，還是無法立即相信。在她認為，這畢竟與現實相去太遠了……

離開豐子的公寓後，初惠滿腦子都想著這些事。經過覺智寺時，她突然興起禮佛和參拜神明的念頭，於是走進了寺門。

覺智寺並不是什麼大寺院，硬要舉例說明的話，範圍約當一個兒童公園那麼大而已。穿過低矮的寺門，石板鋪成的參拜道直通本堂。其他就沒什麼吸引人目光的建築物了。本堂後面有一小塊地，是墓地和住持一家老小居住的狹窄屋舍。

住持年事已高，最近已經很少看到他的身影。聽說是中風，沒有能力再管理寺務。也和他一樣一大把年紀的妻子，倒是偶爾會現身打掃寺院。不過，除此之外，就沒有見過這裡舉行什麼例行的法會了。

初惠走在石板鋪成的參拜道上，來到本堂前。她從錢包裡掏出中間有孔的舊式五元硬幣，擲入油香錢筒裡。

（拜神時拍手，好像是在神社時才對吧！）

初惠正想著時，突然感到身後似乎有個老人。

驚嚇之餘忙回頭看。寺院的角落裡，果然有個老人坐在椅子上。視力不佳的初惠，瞇起眼注視老人。

「啊，你好！」

低頭打招呼的，正是在商店街上經營舊書店「幸子書房」的老闆。

「原來是舊書店老闆……害我嚇一大跳。」

由於不知道對方名姓，所以一向這麼稱呼。通常，商店街的人都以店名或行業來稱呼彼此。

「我才嚇一跳呢！沒想到會在這裡碰到人。」

從對方的口氣可以猜知，這舊書店老闆大概經常到寺裡走動。而除了他之外，就鮮少人來了。

舊書店老闆就坐在長條椅上，抽著SEVEN STAR。初惠迅速參拜完後，便在他旁邊坐下，同樣也抽起香煙。這時的初惠很想找人說話。

「住持身體還健朗時，還有香火……現在，寺院都沉寂了。」舊書店老闆喟嘆似地吐了一口煙說道。

做書店生意的人，多少都帶點學者氣質。炯炯有神的目光、輪廓分明的臉龐，雖然已經年過七十好幾，但可以看出年輕時一定是個美男子。

「您這麼一提，不知道住持他老人家身體還好嗎？最近都沒看到他人呢！」

「這個嘛，反正沒收到訃聞，應該還健康地活著吧！」

舊書店老闆的回答很直率，和他學者般的外表一點也不相襯。雖說直率到有些粗魯，卻也讓人有一種超然物外的感覺。

根據沙瓦酒鋪邦子的描述，這舊書店老闆偶爾會去買威士忌。所以應該不是不能喝，只是這老闆從未到過霞草，自己又不看書（除了女性週刊），因此兩人幾乎沒有交集。但畢竟是同在一條商店街上做生意，在路上遇到時就點頭打個招呼。

「不過，住持是否健在，對這寺院好像也沒太大差別喔！」

老闆怯怯的口吻，像是開了個冷笑話似的。

「爲什麼呢？」

「咦，你不知道嗎？」

舊書店老闆邊說邊起身，以緩慢的步伐朝本堂方向走去，像是有什麼事。初惠也趕忙起身跟進。

「啊，不行，完全看不出來。」

本堂前的土地上，立著一塊木牌。上頭的黑字看不清寫了什麼，字體大都掩埋在污穢裡。

「這上頭寫了有趣的事。這座寺的外表看起來雖不起眼，但它在很久以前，可是大有來頭哩。室町時代的書籍裡就已經有它的記載，江戶時代一些偉大的和尚也都到這裡修行過……」

「原來還是有歷史典故的寺院啊！」

初惠感到莫名的感動。在這塊土地上也住了快十年了，居然不知道自家附近竟有這麼重要的所在。這些事好像向來跟自己無緣。

「而且，室町時代的書籍中，好像記載著這寺院的某個角落，可以聯繫到另一個世界。」

「另一個世界？您是說，天國或地獄嗎？」

「我也不清楚。在京都，就流傳著有可以聯繫到另一個世界的深井或路口。我還聽說過，有活著的人夜裡到地獄當判官……總之，這寺裡好像也有跟這種傳說類似的事。」

初惠的腦海裡，突然閃過剛才看到的豐子的臉。

可以聯繫另一個世界的寺院……聽起來實在叫人心裡毛毛的。說不定靖男就是經由那裡每天晚上到公寓找豐子的。

「所以從以前開始，這寺院附近就經常有一些奇怪的事發生……一定是有人在鬧彆扭吧！」

老闆說完，爲自己這番突發奇想感到不好意思地苦笑著。

「其實我也聽我店裡的小姐提過。」

初惠記起以前曾聽過的話。之前在霞草上班的當地女孩曾跟她提過。

「大概是在那邊的石燈籠。」

參拜道另一端的土地上，聳立著高一公尺五十公分的大型石燈籠。原本應是白色的吧，不過如今已到處長滿青苔，形成奇妙的顏色。

「這裡有個洞。大概是爲了放蠟燭以便照明用的。」初惠指著石傘下被稱爲「火袋」的凹洞說。「聽說黃昏時從這洞裡看過去，有時會看到已經死去的人。」

據告訴自己此事的女孩說，當地人和小孩子都知道這件事，似乎無人不曉。也不知道它的眞實性如何，母親去世後，初惠自己曾嘗試過幾次，卻看不到令她懷念的身影。

舊書店老闆聽著，感興趣地頻頻頷首。初惠事後想起來，那應該是對方的貼心所致。和自己比較起來，舊書店老闆顯然是道地的在地人，理當比自己更清楚這一切才是。

自己的行爲無異是在釋迦佛前說佛法……

4

大約十天過後。

從二樓的房間傳來孩子趴搭趴搭嬉戲的腳步聲。在店裡忙著準備的初惠禁不起如此喧鬧，從樓下朝上喊話：

「你們小聲點！等一下客人就要上門了。」

「知道——了。」

幾張小嘴齊聲回答。但過沒多久，又傳出陣陣鬨笑聲。

一個星期前開始，初惠將滿智子帶在身邊照顧。孩子們——五年級的珠惠和三年級的正二——彷彿家裡添了親妹妹般，開心得不得了，每天想盡辦法取悅四歲的滿智子，爲的就是看到她可愛的笑臉。

「先不管他去世的丈夫是否眞的回來，那孩子，還是先從他母親身邊帶開比較好。」

說這話的人是幸子書房的老闆。那天在覺智寺相遇時，初惠和他商討過豐子的事。

初惠起先也很猶豫。和書店老闆並不熟稔，談這些事未免顯得失禮。但從對方謹愼的言談和誠懇的態度判斷，初惠認爲他是個可以信賴的人。果然，對於她所說的話，老闆也設身處地的傾聽。

「母親這方面，最好能請專門的醫師看一看……不過，對方大概不會接受吧！」

「是啊。」

不可能接受的，初惠心裡想著。豐子是打心底期盼著靖男回家，告訴她那是幻覺、要她去看醫生，她是絕對不會接受的。

「還有，我是說假設啦，假設……」初惠的內心裡還有一個疑問。「靖男是真的回來了——不能排除這個可能性吧？連四歲小孩都這麼說了。如果真是這樣，那又該怎麼辦呢？」

「嗯……」

對於初惠說的話，老闆沒有笑。大概他也相信肉眼看不到的世界確實存在著吧！

「我在書上看過，說人死後，他的靈魂還會暫時徘徊在這世間。直到七七四十九天之後，才會離開到彼岸去。」

「原來如此。所以法事才要持續四十九天啊。」

「或許吧！真實情況我也不清楚。反正，死了就知道啦。」舊書店老闆露出一臉苦笑。「所以了，也許豐子的先生過了四十九天之後就不會再出現了！」

原來如此，初惠心裡想著。

所謂四十九天，正好是七週。靖男過世已經過了兩週，所以還有五週的時間，大約是一個月再多一點，正確的日期是十一月二十五日。就等到那時候，看情形再說也不遲。

初惠決定按照舊書店老闆的建議試看看。

總之，先將年幼的滿智子帶離豐子身邊，然後等待十一月二十五日的到來。如果那時候豐子還堅持靖男每天都會回家的話，就這麼跟她說：「四十九天已經過去了，靖男應該也去到另一個世界了。如果還會出現，那不是很奇怪嗎？眞紀，你一定是累壞了，要不要找醫生談談呢？」

這麼一來，就萬事ＯＫ了……才對。

過了兩天，初惠再度前往豐子的公寓。話說得漂亮，是希望能幫忙照顧滿智子，但把她帶回自己家，也的確是最好的選擇吧！

初惠到公寓時，已經下午四點了，滿智子還在睡午覺。這個時間讓她睡覺，到了晚上一定無法安寢吧！

「他回來的時間都很晚，經常是半夜三更才回來。」

豐子的語調輕快，但眼神還是很奇怪，身上的衣服也衣衫不整，頭髮好像很久沒洗了，油垢讓頭髮都塌扁了。

同樣的，屋裡到處雜亂不堪。三包大垃圾袋就堆在房間角落裡，其中一個還破掉，掉出廚餘垃圾。

「你看，昨天晚上他還給孩子帶了這個玩具來。」

豐子說著，遞給初惠一個小兔子玩具。那是在都電銀行前發送給路人的塑膠錢筒。一樣的東西，珠惠和正二也都拿到了。

看到它時，初惠真不知自己該以何種表情相對。

看來，豐子精神失常的可能性很高。如果說心愛的男人每天都會回來，那豐子應該更會打扮自己才對，房間也會打掃乾淨，不會放任不管。

「不好意思跟你提這個要求。滿智子可不可以讓她到我家住呢？我那兩個孩子一直吵著要和她一起玩，怎麼講都講不聽。」

初惠趁機提出要求。結果豐子開心的拍手叫好。

「眞的嗎？那太好了！你也知道，我家那口子人很溫柔，有孩子在他就一直陪孩子玩，根本無法好好休息。而且……想抱抱我都沒辦法。我也一樣，在孩子面前多少有些顧忌……」

這所說出的每一句話，都不像平時的豐子。以前的豐子絕不會這麼大刺刺又喜孜孜地談起男女間的事。果然不是原來的豐子了。

「滿智子，起床了，快點——」

一旦決定，豐子立刻搖醒熟睡中的滿智子。那動作毫無感情，只是全然機械性的動作。

從棉被窩裡爬起來的滿智子，穿著和之前一樣的衣服。初惠記得在那之前，也是一樣的穿著。

「如果可以的話，我想讓滿智子在我那裡住上一段時間。你若是想看她，隨時都可以過來。」

「眞的嗎？」豐子的臉上閃爍著興奮的光芒。「那我就不客氣了。」

豐子一副輕鬆、無所謂的語氣說著。

那之後過了一個星期，豐子曾兩度打來電話，人卻沒有出現過。

老實說，初惠有些失望。

雖然試著與她交談，但豐子顯然欠缺爲人母的那一面。就算再沒有神經的人，對於親生女兒離開自己身邊，多少都會感到不捨。何況，女兒寄放的人家就離自家不遠，走路不過十分鐘路程。初惠眞的很希望豐子會來探望滿智子。

對一個母親來說，孩子難道不是她的全部嗎？就因爲有孩子在，做母親的才能夠咬緊牙關克服萬難的，不是嗎？

至少，自己是如此熬過來的。正因爲有珠惠和正二天眞無邪的笑容，她才能不畏艱難、披荊斬棘地走到今天這地步。

難道那就是女人心嗎？初惠想著，果眞如此，自己寧可不要那東西。此刻的自己只要有「母者心」就足夠了。

「滿智子，昨晚爸爸給了你小兔子錢筒嗎？」

那天從公寓回家的路上，初惠問著滿智子。滿智子仰頭眨著一雙大眼睛，只會微笑。

「阿姨再問你一次：爸爸眞的有回家嗎？」

「嗯，爸爸回家。」滿智子小聲地說著。

「有和你說話嗎？」

「嗯。」

「說什麼？」

「之前死掉，對不起！」

初惠的腦海裡，頓時浮現出靖男的臉孔。是呀，這倒像是那男人會說的蠢話。

「下次一定好好回來。」

初惠不由得停下腳步。

就算他說要回來，已經成了一堆白骨的他，到底打算做什麼呢？身體已經都沒有外形了，這可不像茶碗筷子，換一副新的就可以了啊！

「滿智子……」初惠蹲下身子，視線與滿智子齊高。「跟阿姨說實話。這些話是不是媽媽教你說的？」

遺傳母親的一雙大眼睛眨呀眨，滿智子露出一臉爲難的表情。

「你跟我說實話，阿姨絕不會跟媽媽說。」

一再追問下，滿智子的眼睛裡開始滲出朝露般的淚水，沒有回答問題，反而嚎啕大哭。

初惠一把抱住那小小身軀，緊緊地抱著。

（自己願意當這孩子的母親……）

孩子柔軟的髮絲在自己臉上磨蹭時，初惠心裡這麼想。

二樓吵雜的聲音突然停止，正納悶時，卻傳來愉快的歌聲。看來是三個人在唱歌，而且怕吵到樓下，還刻意壓低了嗓門。

初惠豎耳傾聽，那是「黑貓的探戈」。原唱者是一位六歲大的小男孩，可愛的歌聲廣受大家喜愛，只要打開收音機，一天可以聽到好幾回。

「黑貓的探戈，探戈，探戈，我的戀人是黑貓——」

初惠握著菜刀切菜，嘴裡也跟著小聲唱和。不知不覺間，切蘿蔔的刀聲竟附和起拍子來了。

5

那是距離靖男意外猝死後的第七週──接近四十九天的某星期五晚上的事。

和滿智子一起到附近澡堂洗澡的珠惠和正二，一臉無奈的表情回到家。

霞草只有一個入口，所以孩子們只能從坐在吧台前的客人身後進出家門。當時，店才開門沒多久，就有兩個上班族的客人上門，正和店裡小姐熱烈討論著彼得到底是男人還是女人的話題。

「媽，滿智子被真紀阿姨帶回去了。」珠惠走進廚房，小聲地說道。

在吧台裡的初惠向客人略微點頭後，悄悄離開現場。

「怎麼回事？」

「我們從澡堂回來時，在商店街口遇到真紀阿姨。她說正好要來找我們，就這樣把滿智子接回去了。」

「怎麼那麼急……」

初惠感到有些不悅。要帶回去的話，總該通知自己一聲吧！就算不想踏進這店裡一步，也可以打通電話啊！

「眞紀阿姨是什麼表情？」

「沒什麼表情。」這回換弟弟正二替珠惠回答。

不知道她的病好些沒有？初惠心裡想著，但沒見到本人的話，凡事都難說。

「媽，滿智子被她媽媽帶走，應該沒問題吧？」問這句話的珠惠，一臉擔心。

「當然囉！自己的媽媽來接走，這也是沒辦法的事啊！不過，她若能等到明天再來接會更好……」初惠故意以開朗的語氣說道。

對孩子們，初惠並沒有太多解釋。先前只告訴他們，豐子的身體微恙，所以滿智子要在家裡寄住一陣子。不說太多事情，是怕孩子們擔心。

聽到母親的回答，珠惠和正二這才露出安心的表情，爬上二樓。

然而，初惠卻一顆心七上八下。只能靜靜等待的情況，反倒叫人更覺害怕。偏偏今天店裡只有自己和一名小姐而已，走不開。

但隨著時間分秒過去，初惠更是坐立難安，就像心裡有一顆大氣球，不安的情緒愈來愈膨脹，令她無法思考其他事情。

「我……」

要出去一下——初惠正要對小姐交代時，店門突然打開，走進四位客人。

「歡迎光臨。」

初惠除了親切招呼外，別無他法。

結果直到關門為止，初惠一直找不到空檔抽身。不過，平時營業到深夜一點，今天倒是特別提早了三十分就歇店。因為初惠實在等不及要去看看豐子的狀況。

關上店門，初惠跨上腳踏車。當天初惠穿著細長裙，實在不好騎車，但她顧不得形象了，直接將裙子往上拉到大腿。深夜裡，應該沒人會看到吧？就算看到也無所謂了。

初惠踩著腳踏車，奔馳在商店街深夜的行道上。這附近一帶一向早早入夜，晚上十點之後，已經鮮少人在走動，更別提十二點過後，整條商店街根本見不到半個人影，反倒是一些野貓大搖大擺地在散步。初惠用力按響著車鈴嚇走牠們。

通過商店街之後，四周突然陷入一片闇黑。由於道路彎彎曲曲極其複雜，只憑那微弱的街燈，根本看不清前路。下町的夜晚，眞的很恐怖。

「媽媽……」

來到快要可以看到公寓的地方時，初惠感到耳畔好像有人在叫自己。

初惠趕忙煞住腳踏車。黑暗中，只聽到像是舊式大門開闔時發出的吱吱響聲。

初惠一邊上下聳肩喘息，一邊回顧四周，這才發現自己就在覺智寺的寺門前。

四周沒有半個人影。是自己神經過敏嗎？就在初惠這麼想時，突然，她全身的雞皮疙瘩豎起——就在自己站立的位置，初惠感到有什麼東西從她身旁經過。

有東西在走。

雖然肉眼看不到，但它確實存在。

彷彿結塊的空氣，慢慢從自己身旁略過，朝自己後方步去，像是擦身而過……才短短幾秒鐘的時間，那東西就越過自己身邊離去。那一瞬間，初惠整個人屏息不動。其實自己也不知道為什麼，只是直覺告訴她這麼做。

（真紀！）

回過神之後，初惠再把腳踩上車踏。車一抵達公寓樓下，初惠便拋下車子抬頭看二樓豐子的房間。房間裡，電燈泡亮著。

初惠直奔二樓，一到門口不管三七二十一就像啄木鳥似地猛敲門。但等了一會兒都不見回應。初惠伸手握住門把，正要扭轉時，門竟順勢開了。

「眞紀，眞紀……」

「到底該怎麼做才對呢？」在位於槐樹商店街近中央的幸子書房裡，初惠接過老闆爲她點的香煙，說道：「這一次的事，我已無話可說。我已經不想再管別人的事了。」

舊書店老闆一臉沉痛的表情，什麼也沒回答。他雙手交叉於胸前，只是閉目抽著煙。

「到現在，只要一閉上眼，當時的景象就會浮現在我眼前……滿智子太可憐了。」

那天夜裡，初惠打開門後看到的是懸樑上吊的豐子。她的頭下垂著，身子隨著從窗戶吹進來的風左右搖擺。

在她旁邊，倒臥著被細長皮帶勒斃的滿智子。初惠買給她穿著的紅色毛褲，因爲尿失禁濕了一大片，手裡還半抓著小白兔錢筒。一定是豐子在勒死滿智子後，硬塞到她手裡的。房間中央的小茶几上，還擺著晚飯的餐具並未收拾。女用的飯碗和小孩子的飯碗仍留著使用過的痕跡，而一旁並置的男用飯碗，則看不出曾經動過。漫畫圖樣的茶杯旁邊，擺著珠惠和正二也喜歡的三色振掛（食料，細粉狀，灑在飯上食用。通常是魚粉、海苔、鹽巴混合而成）塑膠罐，此刻顯得格外刺眼。

「想死，一個人去就夠了，爲什麼連小孩子也……」

初惠說著，忍不住又掉下淚來。

那一天滿智子並不是躺在棉被裡睡覺，而是任她滾翻在榻榻米上。簡直就像是臨時起意奪走她小生命似的。

「眞的是，還能說什麼呢……」

舊書店老闆連附和都顯得極其痛苦。

那是當然。丈夫先走一步，留下精神失常的妻子，結果是，連年幼無辜的小女兒都無法倖免，一起被帶上黃泉路——如此慘絕人寰的事，在這小鎭還是前所未聞！

「只是，我曾在什麼書上看過，自殺的母親並沒有把孩子當成一個人看，而是把他視爲自己的東西。」

豐子一定也是如此吧。初惠覺得，豐子並不認為一家三口可以在另一個世界繼續一起生活，她只是把孩子當成自己的行李而收到箱子裡罷了，一定是這樣。

初惠無法遏止胸中的怒火。

「孩子們很自責。他們認為就是自己讓眞紀把滿智子帶走，滿智子才會死。」

「當然不是這樣。孩子們什麼責任也沒有，他們不可以這麼想。」

「我也是這麼跟他們說，可是，道理歸道理，情感上還是是……」

所以說，人這東西實在很麻煩，初惠心裡想。

「對了，那間寺院……」點頭告辭，初惠走到舊書店門口時，突然回頭說道。

「眞的是有些蹊蹺。那天晚上，我在寺院前和奇怪的東西擦身而過。雖然我完全看不到，但總覺得好像有人……從公寓那頭朝寺院方向走去。」

老闆露出訝異的表情。

「如今回想起來，那是……」

說到這裡，初惠突然住口。那是因為她覺得，此刻再說什麼都已經毫無意義了。

「既然有這樣的傳說留下來，應該眞的有什麼吧？」

老闆說著，眼睛瞄了一眼貼在玻璃門上尋找失蹤少年的宣傳單。雖然那就貼在入口的玻璃門上，但在長年的日照下，幾乎已經無法辨識內容了。

「我突然覺得，住在這個小鎮裡有點恐怖。」

初惠說完，再次低頭答禮這才踏出舊書店大門。老闆也默默地點頭回禮。

接下來，初惠在槐樹商店街採購晚上店裡要用的食材。經過唱片行時，音質惡劣的喇叭裡正傳來佐良直美的「只要幸福又何妨」那首曲子。這是今年夏天剛發行的人氣歌曲，幾乎每天都可以聽到收音機在播放。

初惠停下腳步傾聽。

「雖然人們都說我是無情的女人，但這又何妨？可以得到幸福的話……」

悲哀且令人難過的女人心。

「開什麼玩笑啊！」初惠忍不住大聲嘶吼。

受到那強烈音波的驚嚇，在巷子裡踱步的白色野貓，露出一臉畏怯的表情回頭張望。

光球貓

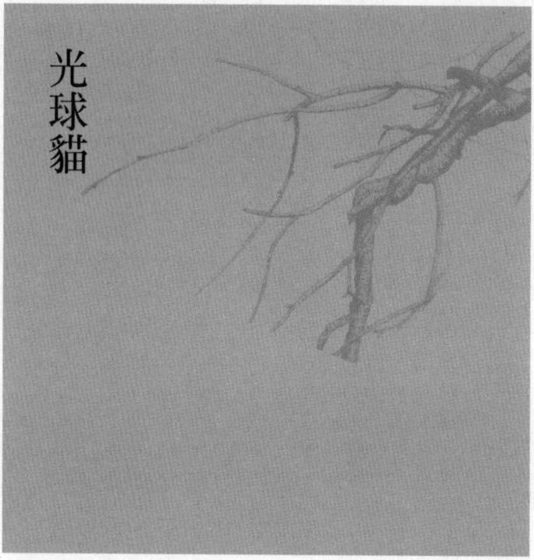

那時候，我是個又窮又孤獨的年輕人。

現在生活一樣不富裕，但那時候的生活，哪怕是十元、二十元的小錢，我都要考慮再三才敢花用。沒有可依靠的人，也沒有女朋友，就連可以交談的朋友都沒有。

不過，我並沒有爲日子的蹇促和寂寞而感傷。當時的我一心追求夢想，對這一丁點的痛楚絲毫不放在心上。這股熱情，想必是年輕的特權和力量的來源吧！

昭和四十五年。現在回想起來，是世事紛擾的一年。

例如，從三月開始在大阪舉行的萬國博覽會，可以說是全日本國的一大盛事，不管大人、小孩，幾乎人人會唱那首充滿蓬勃朝氣的歌曲：「世界跟我們打招呼」，所有的人都沉醉在人類的大邁進與族群融合的美夢中。

但仔細回想，日航的YODO號遭到劫機，職業棒球賽籠罩在黑幕裡，之後發生的光化學煙霧造成多人死傷——從某些角度來說，當時的日子比現在更叫人眼花撩亂、應接不暇。作家三島由紀夫在市谷的自衛隊駐屯地自殺，也是這一年，我記得是該年十一月的事。

然而，我卻一點也不關心外頭紛擾的世界。那一年，我二十一歲，住在東京下町的一間老舊公寓裡，每天默默埋首於我的漫畫世界中。

要我說說當時的事，記憶中當然只有茶太郎。

茶太郎是隻幾乎每天都會出現在我公寓裡的流浪貓。牠白色的毛上有淺茶色的花紋和深茶色的條紋，也就是人稱「白虎」的貓。

當時我住的地方是舊式木造公寓的一樓。

說到公寓，你可能會以爲和現在一樣，是個人完全獨立的那種房間吧！其實不然。在共用的玄關脫下鞋子進入裡頭後，是幽暗的木板走廊，兩側就是一間間四帖半榻榻米大的房間毗鄰而立。

房間門只是略厚一點的木板門，配上像是玩具般的螺旋鎖。廁所和廚房都是共用的。當然沒有浴室。這種並列的房間實在很寒酸，但在當時，爲年輕人而設的公寓幾乎全是這等規模。

公寓四周有水泥牆環繞。不過在我房間的正前方，有肆意綻放的牽牛花鬱鬱糾結纏繞著，大概是前人植下的吧！而在靠近地面的牆上破了個大洞，幾乎佔據水泥牆一半的高度。聽說是以前被酒醉駕車的人給撞壞的。顯然房東也無意修葺，任由它去。若不小心碰觸到這危牆，隨時都會倒塌。雖然如此，那洞穴正是茶太郎到我屋裡必經之路。

如今想起來，那附近一帶倒是有點奇怪，野貓特多。只要逛到附近，隨時會遇上兩三隻貓。

剛搬來時還覺得納悶，住了一陣子後，才知道距離公寓約五分鐘路程的地方有一間覺智寺，好像是貓兒們的聚集場所。每回經過寺院時，總能看到三三兩兩的貓兒身影。

我雖然很喜愛貓，但搬到鎮上後便儘量避免和貓扯上關係。我告誡自己絕不可以餵食貓，但欣賞倒是無妨。

只要餵過一次貓食，貓兒們就會期待下一次。然而貧窮的我沒有太多閒錢可以一直提供貓食，如果看到滿懷期待而來的貓兒落空的失望眼神，我必定會很難過。因此，我鐵了心，決定儘量不跟貓接觸。

打破我這誓言的是茶太郎。

和茶太郎的邂逅，如今想來也挺有意思。那是我搬到這間公寓一個月後的事。

有天夜裡，我正在畫漫畫，突然窗外傳來淒厲的貓叫聲。好像是牠們在後院裡打架，跑到我房間前面大聲呼叫。

起先我還不以爲意，但過了五分鐘、十分鐘，雙方似乎沒有偃兵息鼓的意思，我也開始感到心煩。

(到底要吵到什麼時候？)

我邊想著邊用力打開窗戶，想藉巨大的聲響嚇走貓兒。

可是事出意料，就在我打開窗戶的刹那，一個淺茶色物體從我腹部竄過，跳進我的房間裡。

受到驚嚇的我，當場倒退一步。就在那一瞬間，我清楚看到茶色貓兒的雙腳在空中騰躍的姿勢。看來是幹架居了下風，才竄進我房裡來吧！地面到我窗外的鐵欄杆約有一公尺五十公分高，顯然牠的跳躍力很強。

茶色貓一落到榻榻米上，立刻躲進書桌下。

我朝外頭的院子看了一眼，白色貓正處於亢奮狀態，不停地在地上走著8字形；身體肥而結實，是隻強壯的貓。

「怎麼，你被欺負啦？」我對著在桌底下剛喘過一口氣的貓說著。

當然，我並不認爲牠聽得懂我說的話。

接下來要怎樣？我想著，又看了一眼外頭時，正好和那隻白貓對上眼。那時我才發現，白貓的左眼被一層陰翳覆蓋著，一定是患了嚴重眼疾。

白貓好像要跟我說什麼似的，一直盯著我看。被那隻眼死盯著瞧，我竟覺得背脊一陣冷颼。

（這傢伙眞令人不舒服。）

我抓起身邊的紙用力揉成一團，做勢用力丟擲。白貓迅速一閃而開，從那水泥牆洞一溜煙跑掉，不見蹤影。

「喂，沒問題了。」我關上窗戶說。

話才說完，貓兒好像聽懂我說的話，從書桌下鑽出來。

「吵架了嗎？」抱起貓兒，我問著。

貓兒慵懶地伸長了身體，「喵——喵——」長叫了幾聲。

這可以有好幾種解釋，但反正是答謝我施予援手吧！

把牠放下時，貓兒很自然地走到房門邊的榻榻米上，一屁股就坐下來，並發出輕微的嗚聲，好像在宣示那是牠的地盤。

（或許，牠是這房間之前的主人養的貓也說不定。）

看牠的模樣，我不禁這麼想。否則，就算被追到窮途末路，也不致敢貿然竄進陌生人的房間裡呀！

就這樣，後來那隻貓經常上我房裡來，並待在我房裡睡覺。隔天早上我要出門打工時，就把牠放到外面。但一到晚上，牠很自然地又會回來。不過，有時牠也會外宿不歸。我的房間應該是牠衆多休憩場所的其中一個吧！

我替那隻貓取了「茶太郎」這個名字，因爲牠的身體是茶色的。這名字既通俗又好記，很適合牠那張裝傻的臉。我很中意這名字。

茶太郎是隻聰明的貓，我的房間裡到處擺滿了漫畫原稿和畫具，整束的紙張也被我成堆疊放著，但牠似乎明白那是重要的寶貝，絕不會靠近我的書桌以及周圍的書架。

除了嚴冬之外，我都會將房間的窗戶開個小孔。只要我一坐到書桌前，茶太郎便會手腳俐落地從窗外的鐵欄杆一躍而下，自由進出我的房間。而且牠絕不會在我房間裡晃來晃去，就只是安靜地過夜。

只是這樣，我卻獲得無限的撫慰。想來，茶太郎還是我來到這鎮上第一個交到的朋友呢！

2

我的故鄉是雪國，每逢冬季，整個小鎮都埋在深兩公尺以上的雪地中，因此，人們大部份時間都困守在家裡。但因爲愛畫畫，我從小就不覺得無聊——總之，我很喜歡畫漫畫。

「你只要有紙和鉛筆，就安靜到究竟人在不在家都很難知道。」

母親曾說過這樣的話。事實上，我也認爲自己就是這樣的小孩。

什麼時候開始喜歡上漫畫的？由於記憶太久遠了，也無法確定。不過我上頭還有兩個哥哥，因此從我懂事以來，身邊就不乏一些漫畫雜誌。大抵所有的平假名、片假名也都是從漫畫書上學來的吧！

我最喜歡的漫畫家當然是手塚治虫老師了。不過，石野森章太郎老師（當時稱「石森老師」）的畫構圖精美，藤子不二雄老師的腳本巧妙，角田次郎老師的線條可以讓人感受到體溫，他們都深深令我著迷。現在回想起來，正因爲有這些大師齊聚一堂，才能締造出當代輝煌的漫畫世界吧！

終有一天自己也要儕身漫畫界——如此醉心於漫畫世界的我，會這麼想也很自然吧！上國中後，我開始畫出點樣子，也經常投稿參加雜誌社的新人獎。

從結論上來說，我從未獲得任何新人獎。畢竟，同樣立志成爲漫畫家而且在日本比我早一步出頭的大有人在。

然而我也不是完全沒有希望。在持續不斷投稿的期間，有位出版社的編輯寄給我一封信。

信上，對方除了稱讚我的漫畫有獨特風格外，還說如果我有意願到東京繼續奮鬥，他會支持我。

我感到自己意氣飛揚。

現在回想起來，對方或許並未對我抱持太大的期待。不過，能受到專業編輯的賞識，的確帶給我不少信心，讓初生之犢的我敢於嘗試突破，並強烈渴望能到東京發展。

高中畢業後，我去應徵東京的工作。我希望能白天工作，晚上畫漫畫。很幸運的，我應徵上一間陶器工廠。於是，滿懷希望來到東京。

然而，現實並非盡如人意。公司的員工宿舍是四個人一間房，這樣的環境，實在很難讓人安心畫畫。

同房的室友中，有一個特別對我充滿敵意。不知道我畫漫畫這件事哪裡得罪了他，竟三番兩次找我麻煩。有幾次還故意將咖啡濺灑到我好不容易才完成的原稿上。

大概是看我有了工作還想追求夢想而感到礙眼吧！

我在那家工廠待了三年。不過，實在難以割捨對漫畫的熱情，於是，二十一歲時辭掉了工作。我意識到如果再繼續留在那裡，我絕對無法成爲一個專業的漫畫家。

將這決心告訴鄉下的父母親是需要相當勇氣的。果然，所得到的回應是：

「好不容易生活都上了軌道，怎麼這時候突然捨棄安穩的生活，去追求一個看不到遠景的未來……」父母親的反對可想而知。

但我並沒有讓步。

不管結果會如何，我都決定要試它一試。若就此半途而廢，等我老時（或突遭不測時），必定會流下後悔之淚吧！

將靠打工和自己的儲蓄過日，絕不會連累雙親——我好不容易才說服父母親。

深知我個性頑固的父母，最後也只能黯淡著臉，答應讓我辭掉工作，專注於漫畫。不過，這是有條件的。期限是三年——如果三年內我還畫不出半點成績，那就得乖乖打包回故鄉，安分地上班。再過三年，我也不過才二十五歲，父母親一定以爲就算那時再重新出發也爲時不晚吧！我當然沒有異議。

辭掉工作，搬到那個小鎮，是昭和四十五年的春天，我年當二十一歲。

以當時的東京來說，是極其平常的下町生活。但現在回想起來，那可是難得的住家環境呢！

從公寓往西走，約十五分鐘路程就有地下鐵車站。若是朝反方向去，不到十分鐘就是都電車站。對於喜歡逛神保町和音羽區書店的人來說，是最好的交通環境了。

甚至，公寓附近就有大型商店街。三百公尺長的街道相當熱鬧，日常用品一應俱全，而且上頭還有遮雨棚，就算下雨天也能安心購物。

記憶中，的確看過街口的招牌上寫著「槐樹商店街」，至於爲什麼要取名槐樹，其理由就不得而知了。有一次我去肉店買炸可樂餅時，曾順口問了一下店裡的伙計，但他也不知道。

或許是爲了配合街名，商店街裡的一家小唱片行，成天都在播放那首「槐樹的雨停時」。在當時，那也已經算是懷舊老歌了，不過倒是挺適合那條商店街給人的感覺。

總之，爲了外出買食材或逛書店，我每天都會上這條商店街。其中，我最常去的是一間叫「幸子書房」的舊書店。

店面大約有二十坪左右，皓髮蒼蒼的老闆平時坐鎭書店中，周遭充滿知性氛圍。老闆眼神銳利，頗有幾分學者風範。不過，交談後，會稍稍對他的爽朗感到意外。他之所以會讓人望而生畏，是因爲他那對濃眉正好以五十度仰角向上張揚，難免給人不易親近的感覺。

老闆終日煙不離手，是個標準的老煙槍，而且完全不在乎店裡有沒有客人。我是從不抽煙，不過，我也覺得他這人的風格和呑雲吐霧的姿態十分搭配。

唯一讓我不滿意的，是這老闆對漫畫一點也不感興趣。幸子書房裡也有一些漫畫書，但卻沒有擺在店裡頭，而是任其隨意堆放在外頭的花車上，而且價位便宜得近乎半買半相送。也就是說，在老闆的眼裡，漫畫書是毫無價值的東西。當然，若以站在買方的立場而言，這對我來說是再好不過的事……

由於我每次都是只買漫畫書，有一天，老闆終於開口問道：

「漫畫書那麼有趣嗎？」

我立刻挺起胸膛回道：

「當然。」

「是嗎？我就完全不覺得……」

接下來，我開始向他闡述漫畫的種種魅力。

可是，凡事都是一樣，魅力這種東西不是單憑聽人嘴巴講就能領悟的。尤其漫畫的魅力是如此多元，必須情節緊湊，畫風獨特，結構嚴謹……它是各種要素組合而成的絕佳讀物。

這些特性全憑我一張嘴巴說明，老闆實在也很難理解。所以除了請他本人閱讀手塚老師的作品外，也別無他法吧！

不過，我還是想反擊老闆。於是，我借用櫃台上的鉛筆和便條紙，隨手畫下老闆的臉部肖像。由於他喜歡吞雲吐霧，我故意在身體部份畫上蒸汽火車的車身。

（老闆會不會生氣啊？）

我偷偷瞄了一眼。只見老闆眯著眼，很感興趣地微笑著。

「這是我嗎？你畫得很不錯啊！」

老闆似乎很喜歡那張畫。

那之後，老闆都叫我「漫畫同學」，碰面時也總會閒聊上幾句。不僅如此，對於我想要的漫畫，他也會幫我向書商打聽。

也就是說，老闆是我在這鎮上結交到的第二位朋友。年紀上來說，可以稱得上是忘年之交。然而，直到最後，我還是不知對方名姓。

3

那奇妙的東西出現在我的房間裡，是昭和四十五年農曆年關將近的一個夜晚。

那天黃昏，我垂頭喪氣地走在聖誕節前夕熱鬧采采的商店街上。平時老是播放「槐樹的雨停時」的唱片行，今天也難得應景地換成聖誕節的曲子。只可惜那充滿朝氣、活潑的旋律，在我聽起來格外刺耳，這也是沒辦法的事。

「哦，這不是漫畫同學嗎？」

經過幸子書房前面時，老闆開口招呼。他正好在店門口前的花車旁，擺放特價書。

「遇見你剛好。你問的《少年雜誌》已經來了。要我拿給你嗎？」

那年夏天，喬治秋山老師的作品《阿修羅》，由於描寫過於殘酷，遭到禁止發行和回收的命運。我因爲還沒看到該期雜誌，所以拜託老闆幫我詢問。

「啊，不好意思，我買了。」

「怎麼啦，這麼沒精神？是不是感冒了？」

聽到我連說話都有氣無力，老闆不禁皺起眉頭。

「沒有，我精神好得很。」

我露出撒嬌的笑容。原本要外加手續費訂購的《少年雜誌》，我還是照平時的價錢十元就買到。

坦白說，那天我的心情眞是壞透了。因爲我帶著作品到某家出版社，卻被狠狠損了一頓。

也許和現在不一樣，那時候想成爲漫畫家，只有自我推銷一途，作者得帶著完成的原稿，韌性堅強的走訪一個個出版社。把它說成是一種行銷手法，或許讀者還比較容易理解吧！

原本個性內向的我，已有過幾次走訪出版社的經驗，也算是相當厚臉皮了——只受到一點貶抑就意志消沉，那可是走不下去的。

然而，那天損我的那位總編輯，平時就是個非常嚴苛的人，而且或許那天不巧碰上他心情不好也說不定。

當然，如果自己沒有什麼該被批評的，我也不至於那麼氣餒。偏偏對方的一字一語，句句說中我的要害，這才更令我沮喪。

「坦白說，你的漫畫完全不行。不管是故事情節或人物造型，都好像在哪裡看過。」

的確，我的畫作深受手塚治虫老師的影響。想成爲漫畫家的人，或多或少都會受到心中喜愛的作家所影響吧！

「我們不需要模仿的作品，否則我們直接找原本就好了。你得有自己的特色才行。」

對方說的一點也沒錯。這是明明白白的事實，但我還是禁不起言詞上的打擊。對方的措辭，實際上比這更叫人難受好幾十倍。

「試看看畫些沒常識的吧！現在流行的是寡廉鮮恥、看了會讓人噴鼻血的作品。」

當時，正是永井豪老師的《無恥學園》和谷岡安治老師的《沒常識系列》漫畫當紅的時候。我雖然也是書迷之一，但說到底只是以讀者的立場純粹欣賞罷了，根本沒想到更不會去描繪那一類事物。

「像你這種人，當作興趣偶爾畫畫還可以。我看你過年前就把行李打包好，回鄉下老家去如何？」

這種話，對一心追求夢想的人來說，無異於宣判死刑。我感到自己半天都說不出話來。

回到公寓住處，我拿出在舊書店附近酒舖買來的威士忌，攙水後一口一口呑嚥。我原本就不會喝酒，家人都擅於飲酒，奇怪的是唯獨我完全不行。攙水的威士忌兩杯下肚後，我已經暈頭轉向了。

然而那天說也奇怪，怎麼喝就是不會醉。只要一想到總編輯說的話，悲哀也好，悔恨也罷，激動的情緒早將醉意拋到九霄雲外了。

時間大概是十點左右吧。突然，窗外的鐵欄杆發出沉重的聲音。我還以爲是茶太郎來了，不過那聲音比平時微小很多。

我稍微打開窗戶，探頭看——在那裡的，果然不是茶太郎。

（這……這是什麼？）

出現在我眼前的，是微微散發清白光輝、直徑約五公分的球。以看得到的表象來說，「會發光的乒乓球」應該是最貼切的形容了。這奇妙的東西就停留在鐵欄杆的把手上。

我揉了揉眼睛，仔細端詳這會發光的球。彷彿回應我的視線般，光球左右輕輕搖擺。那光芒，較之夜空中的滿月微弱許多，輪廓模糊不清，像是被擺進玻璃製的箱子裡一般；所以究竟是中間的亮光使然，還是整體散放出光芒，實在無法判斷。

（令人很不自在……）

我悄悄伸手握住擱在牆壁上的掃把。這期間，光球靜靜地從鐵欄杆滑到窗櫺上——沒錯，很明顯的，那不是掉落，而是滑落，屬於有意志的行為。

彷彿在觀察房間裡的陳設，光球在窗櫺上來回遊走了好一陣子。

（是鬼火嗎？）

突然，我腦海中掠過這個名詞。那一刻，我的一顆心也噗通跳個不停。我感到手心開始滲出汗水。

可是，總感覺它和自己對鬼火的印象不太一樣。人死後的鬼火，通常會拖著一條長長的尾巴在半空中飄來曳去。眼前的光球，卻是一副畏首畏尾的模樣窺視房內，與其說它是人魂，我倒覺得更像是貓靈。

（該不會是——茶太郎？）

我的腦海裡立刻浮現出牠白底茶色花紋的身影。仔細想起來，那光球的動作，的確很像一隻貓。

我深呼吸一口，彈舌發出平時呼喚茶太郎的「嘲嘲嘲」聲。聽到我發出的聲音後，那光球像是開心極了，不斷地左右輕輕搖擺，並進入房間裡。它就浮在榻榻米上方約兩公分處，緩緩地移動。

最後，光球走到擺在房間角落的水盤子邊，靜靜跳著，完全就是貓飲水時的頭部動作。

（眞的是茶太郎嗎？）

避免刺激到光球，我匍匐著接近它。一直慢慢重覆上下擺動的光球突然停止不動。仔細看，盤子裡只有些微水波晃動，也就是說，那光球實際上是具有形體的。

我用指甲在榻榻米的接縫處抓著，這是我經常和茶太郎玩耍的遊戲。

光球在半空中停頓了一會兒後，配合著我的手指動作也開始輕輕晃動。才剛看的出神，它就以非常敏捷的速度碰觸我的手指尖，很像茶太郎用牠的前腳按住我的手指一樣。

這絕對不是人的魂魄，而是貓的靈魂……我心中這麼想。可是，果眞如此，那茶太郎又遭遇到什麼了？

「你丟下身體回來了嗎？」

我邊說邊輕輕用指尖撫摸那光球，它有一種微微溫熱、細緻得像發泡樹脂的手感。就像貓兒把頭傾過來撒嬌一樣，光球也磨蹭著靠向我的手臂，還從中心部位傳來像是喉鳴時的振動。

（果然是茶太郎。）

這是茶太郎的靈魂。而且我對這樣的想法一點也不覺得荒謬。

茶太郎一定是死在什麼地方了，可是牠自己並未自覺，而以靈魂的形式歸來。

我張開手掌，光球靜靜落在上頭。它比一張明信片還輕，宛如質地不佳的衛生紙那種粗糙的觸感。

4

那天，直到我上床就寢前爲止，光球一直留在房間裡，靜靜地待在離茶太郎平時蜷縮處稍遠的角落上。房間的燈熄滅後，微弱的光卻愈來愈強，更增添神秘氣質。

茶太郎眞的死了嗎……想到這裡，我就不禁難過。

那隻黏人的小貓在什麼地方丟了小命？前些天還好端端地跑到我這裡，所以絕不會是病死的。難道是被車子輾死的？

（眞可憐！至少讓我知道是怎麼死、死在哪裡的啊！）

當天夜裡，我就抱著這樣的思緒入睡。

隔天一早，我一睜開眼就發覺光球貓不見了。對於有身軀的茶太郎，若我沒有打開窗戶，牠是無法溜到外頭的。但是，若只是靈魂，應該就可以從縫隙溜出去吧！

我照常出門打工，回程繞到舊書店。沒有其他談話對象的我，將光球貓的事說給老闆聽。

「喔，有這麼回事啊！」

原以爲會遭到這性格的老闆的白眼，沒想到，他竟這麼容易就接受如此脫離現實的話題。

「在你家附近有一所叫覺智寺的寺院。從以前就傳說，它可以聯繫另一個世界……有關這一類的話，我聽過不少。」老闆一如往常，邊點著煙邊說道。

反倒是我有點意外。說到下町，它可是位於大都會的東京啊，怎麼也沒想到還會有流傳著鄉野傳聞的地方。更叫人不可思議的是，即便像老闆這種充滿知性的人，對於靈魂的存在，顯然也堅信不疑。

「難道這附近曾發生過什麼奇怪的事嗎？」

「漫畫同學，這麼多人同住一處，發生一兩樁怪事也不足爲奇吧！沒關係，時間久了就習慣了。」老闆揚著彎度五十的兩道濃眉說著。

原來如此。他說的沒錯，起先或許還會感到驚訝，但遇上幾次後也就習以爲常了。我也這麼認爲。

那之後，光球貓每天都到我房間報到。如果通知報社或電視台，一定會引來大騷動吧！（眼睜睜可以看到靈魂，這可不是尋常小事啊！）爲什麼當初我壓根也沒想到這一點呢？甚至連照個相的念頭都沒有出現過。

眞的是很奇怪，光球貓連著出現三天後，就連我都幾乎忘了它特殊的存在。

除了外觀不一樣和不進食之外，它根本就是一隻普通的貓。

例如，拿撢橡皮擦屑屑的羽毛掃帚撫摸它時，它會開心地左右搖晃，甚至興奮得上下跳躍。還有，若是將它放在手心上用另一隻手撫摸，它也會像貓喉嚨時那樣輕輕振動。這些若非貓的反應，又是什麼呢？

當然，有時候它也會表現暴躁的情緒。養在房間裡的貓，會突然毫無意義地到處亂竄亂跳。光球貓也一樣，常像一顆乒乓球似地跳來跳去，一下子撞到牆壁，一下子又跳到架子上，活像房間中央有一台大型柏青哥，撞過來又衝過去。

一般來說，擁有形體的茶太郎若是這麼做，房間的損害必定非同小可，但光球貓的話就不用擔心。由於它的體積非常輕，絕不會損壞或打落任何東西，更沒有任何聲響，被它撞到頭或身體，既不癢也不痛。毋寧說，夏天時飛進來的一隻蒼蠅，還更叫人鬱卒呢！

如今想來也很不可思議，當時的我，約過了一週後，就很自然地適應了這樣的狀況。也許是年輕人的粗枝大葉吧，既然不覺得造成任何麻煩，也就不需要特別在意。

甚至還有一樣更不可思議的事。

作品受到總編輯殘酷的批評後，原本意志消沉的我，不知何時恢復了元氣。以前曾聽說過，病人藉著撫摸貓或狗來治療病情，現在回想起來，或許這是同樣的道理吧！

漫畫畫累時，只要對著書桌彈彈舌頭，發出「啣啣啣」的聲音，光球貓就會飛到半空中，降落在我的手心上。

我只要用手指輕輕撫摸它的表面，說也奇怪，一顆心自然就沉澱下來。而光球的中心則會很愉悅似的振動著，這點也傳達到我的內心裡。盡情互動後，不知爲什麼，我開始自覺到自己原非一無可取啊！

5

這段奇緣在我毫無心理準備的情況下，畫下休止符。

那是在年關將屆的十二月三十日夜晚，光球貓來到我屋裡正滿十天。

這一天，光球貓再度來到我的屋裡。當時，我就坐在矮腳暖爐桌前，埋首繪製我的漫畫草稿。影像不良的便攜式電視機中正在播放歌唱節目，我也跟著一起哼唱。

節目大概是集合了當年度最受歡迎的歌曲，那彷彿罩著一片白色蕾絲的黑白電視畫面中，出現的正是我最喜歡的藤圭子。她正在演唱當紅的曲子「圭子的夢在夜裡展開」。

如今她的女兒也和她一樣出名，但和我同世代的人，應該有不少人對藤圭子的歌聲仍情有獨鍾吧！

那時候，光球貓就窩在我的膝蓋上睡覺。

說靈魂在睡覺，似乎很奇怪，但它靜靜停伏在我盤腿而坐的中央凹處，應該是在睡覺沒錯。回想起來，一天有半天時間都在睡覺，對貓來說也是很自然的事。

可是突然，不知從哪裡傳來貓的叫聲。

我還以爲是光球貓所發出的聲音。事實上卻不是，沒有軀體的貓應該也不會叫才對。

光球貓被那叫聲驚醒，悄悄從我膝上離開，滑動似地移動到它平時靜靜停駐的房間一隅。

過了半晌，又傳來貓的叫聲，那聲音好像就位於窗戶下方。我覺得奇怪，走到窗邊掀開窗簾向外看。

窗戶下，一隻再熟悉不過的貓正端坐地面，仰頭望著我。

「茶──茶太郎！」

我不禁驚叫出聲，急忙打開窗戶。全身污穢的茶太郎一如往昔，縱身躍上鐵欄杆。

「你還活著啊？」

聽到我的問話，茶太郎喵喵發出長鳴，一副理所當然地鑽進房內。牠輕輕顫抖著尾巴，巡視著許久不曾光臨的房間。

終於，牠發現了坐鎮在角落一隅的光球，動作遂突然停住。本來昂揚堅挺的翹尾巴，立刻像枯萎的植物凋垂了。

「若不是茶太郎，那這光球又是什麼？」

當然我不可能和茶太郎對話，但還是忍不住脫口而出。對貓來說，那光球也是個異常的存在吧！茶太郎壓低身子，一直盯著房間角落的光球看，牠的耳朵下垂，應該是感到恐懼吧！

過了一會兒，光球突然動了起來。接近房間的門時，它的身體突然變得像煎餅一樣薄，然後從木板門的隙縫鑽了出去。

我跟著追出房門，在公寓昏暗的走廊中，光球緩慢移動，速度就跟貓在行走一樣。

我抓起掛在牆上的外套披在身上，一路尾隨。那光球貓既然不是茶太郎的靈魂，那又會是什麼？

我很想獲知答案。

光球慢慢移動，出了公寓後門，朝院子方向挪動。我也不知是穿上了誰的拖鞋，總之決定跟蹤到底。

在十二月的寒風中，那青白光芒更顯冷冽，眞的很像月亮的碎片落在地面爬行。

最後，光球從水泥牆的洞穴鑽了出去。我無法從那裡跟著鑽出去，只好繞到沒有遭破壞的水泥牆邊，再翻牆而出。

光球在昏暗的地面各處晃動，緩慢地移動著。和我拉開距離時，它會停下來等候。等到我們之間保持一段距離後，它又開始前進，簡直就像在等候我趕上。

（這裡是……）

不知不覺間，我已經來到覺智寺。以前從不覺得有什麼，但聽過幸子書房的老闆所說的那些怪事之後，我就很少接近它。這裡就是人們所謂連接另一個世界——亦即幽冥世界——的地方。

光球若無其事地從寺門和地面之間滑了進去；我則猶豫著該怎麼做才好，因爲我實在很怕萬一看到恐怖的東西……

可是，像是等得不耐煩似的，光球不時從門底縫隙飛出來又滑回去。果然是在呼喚我。

我走近寺門，用手輕輕一推。門沒上鎖，順勢便打了開來。光球在石板地上滑行，直通本堂，最後，在半空中畫了兩三次大弧形後，竟被吸進本堂底下的暗深之處，消失不見。

我拼命朝本堂底下俯看，卻只聞到塵埃的霉味，什麼也看不見。若是貓的話，或許還看得見什麼，人的視線就很難說了。

我折道回公寓，從壁櫥裡找出手電筒，再度回到寺本堂。這次往本堂底下探照後，竟看到一隻白貓的屍體蜷伏在樑柱後面。

我曾看過那隻貓。

那是以前追趕過茶太郎、患有眼疾的一隻白貓。雖然現在看來身形稍微瘦了點，但絕對錯不了。

可能碰巧濕度和通風條件良好，屍體已經被風乾成了木乃伊。臉部並沒有垂死前痛苦張口掙扎的模樣，而是安詳地閉目闔嘴，宛如睡著的表情。在手電筒的照射下，幾乎呈現反光的白色皮毛仍保持得非常鮮豔。

光從外表實在看不出死因，因爲牠前足併攏，一副安眠中的姿勢。

人家說，貓不給看自己的屍體。事實上，當貓發現自己的身體狀況不佳時，爲避免遭受其他動物的攻擊，都會找隱密的場所躲藏起來。這隻貓也是在此種覺悟下，選擇了本堂的底部做爲自己最後的棲身之所吧！

話雖如此，但這隻貓一定很寂寞，很想找人撒嬌，所以才會讓餘存的靈魂徘徊街上，最後終於找上我的房間。那時，牠也和茶太郎一樣，希望我能讓牠進入屋裡吧！

（這世間，感到寂寞的生命是何其多呀！）

看到那隻貓的屍體，不知爲什麼，我突然有這樣的感觸。會感到寂寞的並不只有貓，人也一樣。就像我對獨自一人的生活感到寂寞，一定還有其他人在不同的地方也感受著寂寞。我的父母親、批評我作品的總編、舊書店老闆，他們一定也都和這隻貓一樣，有屬於自己內心的寂寞。至少我就是如此。

「對不起，那時候把你趕走……」

我用外套包裹貓的屍體，將牠帶回公寓。隔天白日，便將牠埋在日照充足的後院角落裡。所幸，公寓裡的住戶在這年終時節大多回家團圓，沒有人會指責。

6

結局是，在和雙親約定好的三年期間內，我並沒有嶄露漫畫家的頭角。不過我已經盡了全力，沒有什麼好後悔的。

「漫畫同學不在，我會很寂寞的。」

退了公寓，我在前往回鄉車站的途中拜訪了幸子書房。回想起來，我在這鎮上住了三年，唯一稱得上認識的人，就只有這個老人了。

和茶太郎分別，也是前一天的事。所幸，找到願意飼養牠的人，日後的事就不用我擔心了。

「謝謝你多般的照顧。」

「我可不記得有這回事啊！」對於我的致謝，老闆露出溫煦的笑容回道。

處理完所有的家具了，我從只裝著漫畫用具的行李中，掏出三包SEVEN STAR遞給老闆。

「你這麼說，我東西就很難給了……只是一點小心意。不過，還是別抽太兇。」

從我手中接過香煙時，我看到老闆的嘴角往下用力一抿。

「好吧，漫畫同學，這是我……」

老闆說著，往櫃台擺上一疊約有兩百張的製圖用紙。

製圖用紙是畫漫畫最適宜的紙張，但價格不菲。顯然老闆還記得我曾爲這昂貴的紙張嘆息過。

「漫畫不是非得在東京才能畫，若眞的喜歡，到哪裡都可以繼續畫下去。」

爲著老闆這番突如其來的話，我差點掉下眼淚。只是，爲什麼對於只會來買舊漫畫書的我，老闆竟這般親切對待，著實讓我難以理解。

「以前，我曾阻斷某人的夢想，至今仍深深懊悔不已。所以，對於懷抱夢想的人，我都儘量給予支持。」

老闆喃喃說著，我終於忍不住眼眶噙淚。

雖然我很想更進一步了解內情。但電車不等人，不久我便告辭，離開了那個小鎭。

回到故鄉後的我，成了某公司的一名職員。雖然工作十分忙碌，但我還是持續創作漫畫。

老實說，作畫時經常會感到困頓疲累，但那時候不知爲什麼，我的手掌就好像會感受到光球貓的撫慰。

那絕對是死在覺智寺本堂下的那隻貓的靈魂。

孤零零活著，孤零零死去，寂寞的靈魂。

光球貓讓人感到悲哀的輕……

每一想到這裏，就會讓我振作起來：只要還活著，就能朝夢想前進。

三十歲之後，我終於完成夢想，獲得某青年雜誌的新人獎。

身爲專業漫畫家，這時雖然起步晚了點，但絕不成問題。

現在的我，儕身漫畫家的一員，一年只要出版一冊單行本即可。雖然不是什麼暢銷作家，卻也擁有不少讀者愛護，容許我陸續發表作品。

之後，一個偶然的機會我再度來到東京，遂特意前往尋訪那令人懷念的小鎮。

以前住的公寓如今成了時尚的大樓，但覺智寺依舊維持著昔日風貌。我在本堂下方悄悄擺進了一小塊魚身，然後雙手合掌膜拜。

當然，魚是從槐樹商店街上買來的。

商店街倒是沒有多大改變，只是像梳子掉了幾根齒刷般，有些店家已經關門歇業了，幸子書房就是其中之一。

書店老闆現今如何了？我是毫無線索可循。以年齡上看來，應該也到另一個世界去了吧！

然而，我總感覺到他就在某個地方看著我的漫畫。

爲什麼我會有這麼強烈的感覺呢？
那舒緩了怒容的臉龐，像蒸汽火車般，緜緜地呑雲吐霧著……

朱鷺色之兆

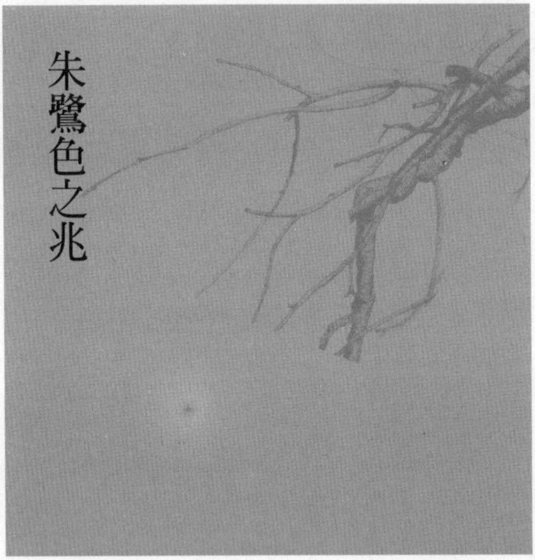

1

喔，你又來啦！

前陣子，你不是才剛拿走岡林信康的「判我罪吧」？還沒半個月呢，覺得如何呢？

棒極了？嗯，應該是吧！它的狀況很好，收錄的歌曲全是一時之選。

除了「山谷布魯斯」、「朋友喲」，還有傳聞中的名曲「信」。價格雖然貴了點，但我們也是做生意的，就請你多多包涵了。

說到民歌，還是得聽唱片。

ＣＤ或者ＭＤ雖然也不錯，但我總覺得它們的聲音似乎單薄了點，味道不夠。尤其是，當你看著唱針落到唱盤上，喇叭發出沙沙聲響，期待的緊張時刻即將來到——那有多叫人振奮啊！那麼，今天換欣賞這個吧：吉田拓郎的「人哪！」。這首歌也是得用唱片聽才夠味，否則，根本聽不出吉他獨特風味的音色。

什麼，你問我太太是不是也喜歡……至今還繼續經營二手唱片行，當然是她也熱中此道囉！

不是我自誇，打從高中時代聽了岡林的歌以後，我就沒有一天不聽民歌。算起來……也有四十年了。哈哈，我也上了年紀了，這才驚覺自己的人生已經走過半百。歲月不饒人啊！

今天有點冷哩，就來個特別招待吧，我來泡咖啡。咖啡豆雖然是超市買的便宜貨，不過，泡咖啡的功夫不同，味道也跟著不一樣喔！

只是，你得陪我聊聊天。什麼？不會花太多時間的，大概聽完這張唱片也就結束了。

你問我怎麼突然有此興致？也沒什麼啦，一時興起罷了。

你是在哪裡聽到我們這家店的呢？電腦的網頁上嗎，原來如此……

電腦我完全不懂，這部份全權委託我太太負責。不是我愛現，從以前她就很喜歡寫文章、畫畫之類的，說到電腦操作，在Windows之前的什麼「鬥死」還是「波死」的時代，她就已經在使用了。

現在，她除了教導別人操作電腦之外，也受人委託製作網頁賺取生活費。老實說，對我們做這一行的，這的確是一大補貼。

啊？別說傻話了，這種二手唱片行哪能賺什麼錢啊！的確，關於日本民歌，我們這家店在關東地區稱得上是貨色最齊全了，說是日本第一也不爲過吧！尤其是EP唱盤最多，而且很讓人意外的，以前的漫畫歌曲也不少呢！你看過《老虎面具》的拳擊手漫畫嗎？前陣子，它的主題曲的EP唱盤還賣到六萬張呢！尤其B面那首「孤兒物語」頗具民歌風，是很不錯的曲子。

不過說實話，這麼好的事並不常有。畢竟，不景氣的時代，對這方面有興趣的人，也只能暫時捨下所好了。本來，收藏二手唱片的人就不多，所以啊，一天要是能賣出五片就很不錯了。

所以囉，老婆用她自己的方式賺錢，對我來說是一大助益。全託她的福，這家店才能撐到今天。

事實上，這家店原來是老婆的父親所經營的唱片行。後來倒了，只有「流星堂」的招牌留了下來，經營的內容也已經完全不一樣。

對了，泡沫經濟那個年代，地價不是漲到嚇死人嗎？商店街的店家都相繼關門，如今完全看不到昔日的風光了。

在這條街後頭，不是蓋了好幾棟大廈嗎？那附近一帶，三十年前還擠滿了毗連而建的一般住家呢。雖然僥倖躲過戰火襲擊，卻也敵不過時間和金錢的摧殘。

就在地價飛漲的年代，那間巍峨聳立的大型超市拔地而起——也可以說，是它把這條商店街的龍脈都給斬斷了。所幸，這條街道和遮雨棚給留了下來。你說店家不是都關門大吉了嗎？繁盛時期，還是四處林立著賣手機的商店和遊樂場。但從以前一直經營到現在的，大概就只剩沙瓦酒舖了；不過，聽說不久之後也要改成便利超商了。

說到沙瓦酒舖，那店裡的歐巴桑從以前就擁有很多歌唱團體的唱片，特別是The Tigers合唱團，可說是蒐羅齊全。之前，我問過她是否願意割愛，卻遭她斷然拒絕……這也好，那些唱片能受到她這般青睞，也算是它們的幸福了。

所以呀，那位歐巴桑大概每隔半年都會來買唱針。不曉得這會兒她是不是還在聽那首「只獻給你」呢！

跟你說這些，你可能會笑我愛發牢騷。不過我說的都是眞的，以前這條商店街眞的很熱鬧，尤其傍晚時分，大概抽空溜出去買個晚餐便當就得趕回來看店了。

你問我嗎？我到這鎮上時才二十一歲。當然，那時候做夢也沒想到，會就這麼待了下來……

你可能完全看不出來吧，好歹我也是大學畢業的。你問我讀哪間大學？就是從那邊搭都電，不用換車就可以直達的學校呀。我老家在葉山，考上大學時，我可是帶著一顆雀躍的心上京來的。其實，只要搭橫須賀線的電車，不用多少時間就可以到達東京，所以，用「上京」來形容好像有點誇張……

起先，我就住在大學附近的公寓。那是專門租給學生的公寓，每間房間只有四帖半榻榻米大。只要一踏進玄關，男孩子的體臭、汗臭立刻撲鼻而來，要不是年輕人的話，還眞住不下去。

剛進入大學時，什麼事都有趣。你可能還記得那種感覺吧，人只要換個新環境，心境也會跟著變得比平時更加興奮、雀躍，凡事都想試它一試。

我當然也不例外。一上大學就急著增廣見聞而到處闖蕩，四處結交新朋友。我想，那可能是因爲我重考過一年的關係，才會格外覺得興奮吧！當時我還有女朋友，日子可以說過得既愜意又充實。

然而，被同住一棟公寓且大我一年級的學長所注意到，卻是我的不幸。

那位學長的名字，我有點不方便說；暱稱也不行，更是不能言明。理由容我後頭再說明。不過，沒有名字很不方便，就暫時稱他爲「石頭學長」好了。什麼，你說這稱呼沒有sense嗎？你很挑剔喔！不過這也是沒辦法的事。歐吉桑的sense就僅此而已。

其實，我自己覺得這名字取得還蠻中肯的。現在想起來，那位學長眞的講話很愛強詞奪理，而且死腦筋、不知變通。

那時正好是七〇年代的開始吧！

以你的年紀，大概不知道什麼叫做學生運動吧？像什麼全共鬥、民青啦，這一類學生幾乎整天充斥在大學校園各處，動不動就是嚷著革命、總檢討的，眞是吵翻天了。

石頭學長也是其中之一，每次看到我，就跟我大力鼓吹一堆言論。可惜我對政治十足冷感，因此，對那些議題絲毫不感興趣。

爲此，我總是刻意躲著石頭學長。但若站在他的立場，那些言論可都是爲了教育我啊！眞是傷腦筋。

不巧的是，從以前到現在，我唯一的興趣只有民歌。尤其那一年吉田拓郎颯爽登場。不過時至今天，不知爲什麼，受政治影響的民歌突然成了我每天必聽的旋律。

第一次聽到「MARK 2」和「印象詩」時，我眞的嚇了一大跳。竟然有這樣的歌！我不禁爲之震撼。我立刻迷上拓郎，和他穿同樣的牛仔褲，留一頭長髮。當時的相片現在還留著幾張，但絕對是不能見人的。哈哈，誰敢偷看，我鐵定要殺了他。

回憶起來，當時住宿的生活還眞是愜意呢！由於住的全是學生，每天就像過著團體生活。

對了，我們還曾經在一個大鍋子裡同時丟下十包泡麵，大夥兒就圍著鍋子撈麵吃呢！蓋飯也一樣，哪裡還分你我，四、五個大男孩抓著筷子就往鍋裡扒，那眞是別有一番風味！

那位石頭學長也曾跟我同一個鍋子啜過拉麵。

「學長，這下我們可是一體囉。」

我才說完，他便接道：

「嗯，今後更應當團結才是。」

學長認眞的表情，讓人覺得十分突兀與怪異。

我在那裡，大概只住到大二學期結束時。

其實，大學階段如果能一直住在那裡也還不錯。但後來因爲發生了點事情，讓我無法再住下去。

爲什麼呢？其實是自己變得有點奇怪了……

2

現在回想起來，人年輕時的感情實在很脆弱。

不知道你還記得這種感覺嗎？

至今爲止所了解的道理突然變得不再明確，對於本來無謂的事卻突然害怕起來，感到一種莫名的失落感，或爲一些繁雜瑣事而抑鬱終日——套一句矯情的話，就是所謂「徬徨的青春」。這是成長所必經的儀式，任誰都會有一次這樣的經驗吧！

事實上，當時的我正是完全陷入那種情境中，然而，和一般人的情況還是不太一樣。

我從某一個時間點開始，對死亡這件事突然特別感到恐懼。

當然，人都難免一死，不管你有多少豐功偉業，或只是默默無聞的小人物。世間只有面對死亡這件事，對於大家都是公平的。老死、病死、意外猝死……不到臨死的那一刻，誰也不知道自己會是怎麼個死法，更別說死神何時會降臨到自己頭上……

然而，平常人活著是不會去記得這些事的。這是當然，若每天膽顫心驚，只想到自己什麼時候會死，那就什麼事也別做了。畢竟飯還是要吃的啊！

可是，這正是我所陷入的情境。擔心自己什麼時候會死，什麼時候會遭逢那樣的命運——我簡直恐懼到無以復加了。

導致我精神變成如此狀態的，是來自於一樁不幸的交通事故。

我永遠不會忘記，那是大二那年的暑假。

那年夏天我沒有回老家，而是在一家保齡球館打工。那時，全國正好風行打保齡球，從大人到小孩，什麼人都一樣，整天就是「Strike」、「Spare」地叫翻天。

我打工的地點，就位於田町車站附近的保齡球館。

如今想起來，那真是難得的打工機會。可以整天都待在冷氣房裡不說，來打球的年輕女孩也總是成群結隊，不少人後來都成了熟面孔。客人少的時候，老闆還准讓我們下去打個幾局。鐘點費也不錯。唯一可惜的是，打工的時間只有暑假期間。

時序剛進入八月。我和一起打工的別所大學的藤田同學，一起外出用午餐。保齡球館內除了咖啡廳外，也有不少餐飲店，但那些都是針對前來打球玩樂的客人而設，價格自然昂貴些。沒有錢的打工小伙子，大都到外頭吃。

我們的目標是經常去的定食屋。那是一對老夫婦經營的小飯館，除了價格便宜外，飯菜量尤其不少。對年輕小伙子來說，這是求之不得了。缺點是，從保齡球館到那裡得走上十五分鐘的路程。

那天不知道爲什麼天氣特別熱，天空中一朵雲也沒有，是稍微走幾步路就會汗如雨下的豔陽天。光是保齡球館內那台巨型冷氣機「轟轟轟」地吼了一整天，就不難想像戶內戶外溫差有多大了。

我們小心地沿著車輛衆多的道路旁邊走著，不久，就看到附有視力檢查表的眼鏡行招牌，從那個轉角彎入窄巷裡，正對面就是定食屋了。

那時，我和藤田兩個人，跟一位老太太擦身而過。

她看起來應該有八十幾歲了吧！身材非常瘦弱，一頭銀髮，略微駝背，穿著一身我母親都叫它「蓬蓬裝」的棉布灰色洋裝。給人的第一印象，眞的很像是大型風鈴在走路呢！

老太太走路的步調非常緩慢，她一隻手拿著茶色手提袋，另一隻手捧著淡粉紅色的小花束——大概就一捧紫陽花大小的花束。因爲在捧花的地方用了白紙包襯，所以我記得特別清楚。

（好漂亮的花呀！）

壓根不知道花名的我也不禁在心裡讚嘆。花和老太太很相配，正好襯托出她高雅的氣質。

接著，我們來到定食屋的門前。就在我們正要鑽進門簾的那一剎那——

我們剛才經過的大馬路那頭，傳來女性的慘叫聲。按時間推算，距離我們和老太太擦身而過的時間還不到一分鐘。

我和藤田面面相覷。可以確定發生了不尋常的事。就在慘叫聲發出之前，我們都聽到了大型車子的引擎聲，和像是氣球被壓破的聲音。

「發生事故了！」

在我發出驚叫聲的同時，藤田已經掉頭往回跑。

朝剛才走來的巷道跑回去，我們來到大馬路旁。不出所料，路口停著一輛大型水泥攪拌車，以準備左轉的角度煞住了。而在它旁邊，一個跨騎在腳踏車上的年輕女孩子，手指著後輪下方，歇斯底里地不停尖叫著。大概就是剛才那聲慘叫的出聲者。

我們所站的位置，距離現場大約三十公尺遠。順著女孩的手勢，在水泥攪拌車的車體下，我們看到露在外頭的兩條細白人腿。

「是剛才那位老太太！」

藤田一臉緊張地說著，不知爲什麼，他拍了拍我的肩膀。不到一會兒時間，好奇跑來觀看的人潮已經圍起一道人牆，一時間人聲鼎沸。然而，肇事的那位司機卻仍然雙手緊握方向盤，一臉茫然失措的神情。看熱鬧的人群中，有幾個人發出怒吼：

「把他揪下來！」

「我們也過去看看……」

雖然藤田這麼說，我卻僵在原地，無法動彈。

你別看我身材長得壯碩，事實上，我從以前就很怕看到血。我連自己受傷時都不敢看了，更何況又聽到那些圍觀的人說「已經沒救了」，這教我怎麼敢看呢？

好奇心強的藤田，丟下全身顫抖不停的我，一個人跑到事故現場觀看。等待的時間，我故意別過臉望著其他地方。沒多久，藤田慘綠著一張臉回來。

「還是別看的好。頭顱完全被輾碎了。」

光是聽到這句話，我就快要暈厥過去了。

「眞的是剛才那個老太太嗎？」

「沒錯，就是她。」

眞可憐，我眞的很爲她難過。

她一定是在和我們擦身過後準備過馬路時，被左轉的水泥攪拌車給捲進後輪底下。直到出事前的那一刻，當事人一定沒想到，自己竟會就此喪命吧！捧著小花束的老太太，究竟要去哪裡呢？

聽到我這麼說，藤田用詫異的表情看著我。

「花束？那位老太太有拿花束嗎？」

「有啊，淡粉紅色的花束……」

「不對，是一隻手拿著手提袋，另一隻手這麼垂著。」

「不對不對，是另一隻手將花束捧在胸前。」

我和藤田就這麼爭執不下。我在心裡想，這麼明顯的一捧花束，你的眼睛到底看到哪裡去了？

最後，藤田決定再折回事故現場確認。

「現場只留下手提袋，並沒有什麼花束……是你看錯了！」藤田回來時，自信滿滿地說著。

就在那時候——你知道我在想什麼嗎？

當然，我對老太太的慘死深感難過，不過，當下我感到比這更令人悚然的感覺——

就在這之前沒多久，幾乎一模一樣的這種對話也曾出現過。

3

事實上，事情是這樣的……

和那幾乎同出一轍的對話，兩年前我也經驗過。

你問我究竟是怎麼回事？一樣，也是碰上有人橫死的場面。

我的老家在葉山，這前面已經提過。由於葉山靠海，從孩提時代開始，每逢暑假我一定到海邊玩水。也不是只有我如此，附近的小孩子都一樣。由於從小就習慣在海邊戲水，難免有些人會比較不守規矩。

那傢伙一定也是如此。

就在我重考那一年，同樣是在八月吧，那一天，我受夠了每天只是讀書、考試、讀書、考試，於是獨自一個人到海邊游泳，想要讓腦袋清醒，游泳是最好的方法了。

可是，正逢暑假海水浴場最熱鬧的時期，走到哪都可以看到成雙成對的情侶，或成群結黨的朋友相互嬉鬧。我甚覺無趣，畢竟我是重考生，眞要開心也開心不起來。雖然我也想拋開一切，盡情玩個痛快，卻很難做到。

當我一個人正徘徊著找尋無人的場所時，不巧竟碰上我最不想遇到的人。對方和我是同一所高中畢業，雖然稱不上是對手，但在考試的排行榜上倒是經常競爭。

不過，他現在可是第一志願的大學生，而我卻是慘遭滑鐵盧的重考生身分。我不想碰到他的理由可想而知吧！

「你還敢跑來游泳！明年的考試沒問題嗎？」

在人潮擁擠的海灘看到我，他邊說邊朝我走過來。果然是和同所高中畢業的其他朋友一道來的。

那時候我看到了——那傢伙頭上綁著淡粉紅色的頭巾。

（什麼嘛，綁那種頭巾要酷啊！）

我記得很清楚，當時我是這麼想的，所以應該不會錯才對。由於當時還不流行在頭上綁頭巾，因此，那種討厭的感覺特別強烈。

雖然是令人討厭的傢伙，但又不能對人太過失禮。隨口聊了幾句後，我才發覺那傢伙身上散發著酒臭味。

「你喝酒啦？」

雖說是大學生，但畢竟還未成年，聽到我略帶責備的語氣，那傢伙露出微笑，回道：

「沒，沒……喝！」

接下來，不用我說也猜想得到吧！不到一個小時之後，那傢伙——溺斃了。

當我獨自在無人的角落裡曬太陽時，從海岸中央的救護所，傳來這樣的廣播：

「和一位牛仔褲上印著伸舌頭標誌的男性一起前來的友人，請儘速到救護所來！」

那傢伙穿的是褲腳邊被剪開、屁股袋上縫有「滾石」牌子的五分褲。雖然我不是跟他一起前來的友人，但該不會……心裡這麼想的同時，不禁跑去看個究竟。

救護所裡有個當作屏風的東西，躺在裡面的，沒錯，正是那傢伙……簡直就像在沉睡一般。

「喝了酒還游泳，根本就是自殺行爲。」

救護所裡一個穿著泳衣的男人用斥責的口吻說著，我卻不知該如何回答。

過了一會兒，和他一起來的朋友也慌張趕來。看到完全變了個樣的他，衆人都慘綠著臉。那是當然了，誰想得到同遊的夥伴竟會中途猝死呢！

「看他本來還綁著頭巾，一副充滿幹勁的神氣。」

我用手指撥開黏在他臉上濕冷的頭髮，黯然地說著。面對友人的猝死，我的心情沉重萬分。

然而，和他一起來的朋友卻齊聲回道：

「什麼頭巾？沒有看到啊？」

這傢伙從沒有綁頭巾的習慣，他本人希望可以把皮膚曬得黝黑、均勻，所以不可能會綁那種東西——他的朋友這麼解釋著。

當時的我並沒有多想，只當是自己搞錯，事情也就過去了。

然而，兩年後再度碰上類似的情形——當時的印象，果然沒錯！我不禁心中這麼暗忖。

如果是你，對這件事會怎麼想呢？

純粹只是偶然嗎？若換成現在的我，的確只會這麼想。多想無益，不是嗎？這世上，不可思議的事確實偶然存在啊！

然而，當時的我卻不這麼認爲。

不管是老太婆的花束，或是溺斃朋友的頭巾，我都將它視爲隕命的前兆。但偏偏只有我能看到……

是不是，如果眞有死神的存在，當他有了新目標時，會悄悄在那個人的身上打上記號？

不過當事人不會察覺，周遭的人也不可能預知。就像我所看到的，它會以各種不同的樣式呈現。

或許死神也想過要選擇最適合當事人的物件來呈現吧！溺死在海邊的傢伙，原是讓人討厭、喜歡裝模作樣的人；而被攪拌車輾死的老太婆，從外表看，花束最適合她高貴的氣質。

想到這裡，我突然感到背脊一陣寒意。

回想起來，花束和頭巾都是淡粉紅色；而從兩者顏色皆相同看來，便可以證明這絕非只是我自己的幻覺。

如果我能就此打住，或許還比較幸福；如果就當它是個稍顯不尋常的話題看待，我的精神狀態也不至於失控。

然而，從那之後，我卻完全陷入精神的苦牢之中。

引爆點是這樣來的：住在同棟公寓裡的朋友對我說了一句再平常不過的話。

「咦，你剛才……沒拿傘嗎？」

我打開玄關的門，朝外面探頭後說道：

「這麼好的天氣，沒理由拿傘吧！」

「這就怪了。我剛才明明看到你拿傘啊！難道是我看錯了嗎？」

當時，對方完全不明白為什麼我會連番質問他：「你確實看到了嗎？」

回到房間後，我全身顫抖個不停。

結果是，我那一天沒去上學。

是的，在我想來，是我那個朋友看到死神在我身上打下記號了。

所幸，那天什麼事也沒發生。現在我還好端端站在這裡，所以就不用多做解釋了。結論應該是，我那位朋友真的看錯了吧！

可是，一旦有過恐怖的經驗，你就無法擺脫了。

什麼時候，眞正的死神記號會出現在自己身上？我整天提心吊膽，不斷在提防這個問題。

之後，我將死神的記號，以略帶詩意的「朱鷺色之兆」來稱呼。

你問我爲什麼嗎？

你知道淡粉紅色又叫朱鷺色嗎？不過，那可不是朱鷺鳥身體的顏色喔，而是牠羽毛最外緣的顏色，也就是風切羽毛的顏色。

所謂「風切羽毛」，是鳥類飛翔時最重要的羽毛；拔掉了它，鳥兒就無法再遨翔天際。因此，對鳥類來說，拔掉風切羽毛，無異於死鳥一隻。

也就是說，被死神打上記號的人，其命運就彷如被拔掉風切羽毛的朱鷺鳥。

4

搬來這鎭上時，我就住在覺智寺附近的公寓。

你聽過覺智寺嗎？就是傳說中可以聯繫陰陽兩界的寺院。你若有興趣的話，回程不妨繞過去看一看。的確讓人感到好像有什麼會跑出來似的。當然，那時的我一點也不知道有這種事。

不過話說回來，當時來到這鎮上的我，還眞是一貧如洗。

人年輕時，不管是好是壞的想法，常很容易流於極端吧！跟你說這些事，或許你會笑話我也說不定，但當時的我，的確爲此害怕得無可救藥。

溺死的朋友、被攪拌車輾斃的老太婆，總有一天，一樣的命運會降臨到自己頭上；就算那一天眞的到來了，也沒什麼好大驚小怪吧！當我對此深信不疑時，整個人的精氣也快消耗殆盡了。

「你剛才是不是拿了一捧粉紅色花束？」

「我的確看到你綁著粉紅色頭巾。」

如果有人跟我說這樣的話，我一定當場暈死過去！

等我意識回反過來時，才發覺自己不知從何時開始，已習慣躲避人群，和同住一棟公寓裡的朋友鮮少交談；除了去學校，也幾乎足不出戶。以現在的話來說，就是整天將自己關在房裡的宅男吧！

非得要上街時，一定頭戴帽子，兩隻手也一定會拎著什麼都沒裝的皮包或紙袋。或許你會覺得太誇張了，但當時我卻相信，唯有這麼做，「朱鷺色之兆」才找不到機會在我身上打記號。唉！這是精神耗弱時的腦袋所能想到的唯一方法了。

搬到這鎮上後，症狀更嚴重。

到商店街購物時，頭戴帽子、兩手提著皮包是必然的裝備，甚至爲了預防背部被趁虛而入，還特地揹了個背包。脖子空盪盪的也讓人擔心，於是再加繫一條圍巾；兩隻手腕上，也各帶一隻錶。都做到這種地步了，只剩下一張素顏，反而更令人害怕不是嗎？於是再添一副時髦的眼鏡或太陽眼鏡，外加口罩。

這副裝扮上街，當然引起旁人側目。本來嘛，要是現在有人這身裝束到我店裡來，我也會忍不住多看他一眼。

雖然如此，若認爲這麼做就能躲過死神的追緝，那必定是他的精神出狀況了。如果到精神醫院看診的話，一定會被冠以堂皇的病名。

然而，對於呈半病人狀態的我，獨獨有一人待我如常。那就是在沙瓦酒舖附近經營舊書店的老爹。

「幸子書房」的店名這麼可愛，老闆卻是個一頭白髮的老人家。聽說幸子原是他去世老婆的名字。雖然老爹那對吊梢濃眉讓人望而生畏，但說不定他還是個純情男子呢！他嘴上總是叼根煙，給人的第一印象不是很好，但交談之後，你會意外發覺他是個很和善的人。

反正和現在不一樣，當時還不流行電腦或電玩之類的，說到宅男生活，不是每天關在家裡看電視，就是聽唱片，再不然就是翻閱書刊了。因此，我每週都會固定上幸子書房一次。和老爹開啓交談的契機頗有意思，簡單說，是我提著對付「朱鷺色之兆」的袋子啓人疑竇。

「年輕人，我看你老是雙手提著皮包或紙袋，是不是有什麼問題啊？」

就在我剛要踏進店門口時，老爹迎面劈頭一問。一時之間，我不知如何回答才好。老爹又繼續說：

「如果你有什麼困難，不妨說來聽聽。」

事後回想起來，當時的老爹大概是想跟我說，如果有喜歡的書，可以先代為保存，錢方面就採分期付款的方式，千萬別想要偷竊……然而，當時很容易鑽牛角尖的我，可說是完全會錯了意。

說不定對方真的可以理解……於是，當場我就毫不保留地將自己所有的煩惱一股腦說給了老爹聽。

「喔喔喔，」老爹睜大眼睛聽著。「原來是這麼回事啊！」

聽完我的敘述，老爹的煙也抽完了好幾根。接著，他告訴我：

「有這種想法，其實也不稀奇。也有人擔心會失去意識或心臟突然停止跳動無法再見到明天，所以不敢闔眼睡覺……不過，應該再把心放寬點會比較好。」

這樣的話，老爹可能是以閒話家常的心情說給我聽的，但對當時的我來說，卻是令我再感激不過的話了。

「如果死神前來迎接，十之八九也是我在你前頭吧！你瞧，我都可以這麼悠哉度日了，你應該可以再放輕鬆點！」

當時老爹說著這些話的笑容，我至今難忘。

石頭學長突然到公寓找我，是大三那年剛入秋的時候。由於我很少去學校上課，所以留級是留定了。

「最近怎麼都沒來上課呢？」

我將房間的門打開一條縫，石頭學長側身擠了進來，隨意走到屋子中央就坐了下來。

或許對方是擔心我才過來探視的，但說實話，我有些承受不起。雖然我很感激他的一番話，卻覺得學長未免自私了點。

怎麼說呢？因爲我早就知道，學長找我的目的是希望我能加入他們的組織。偏偏我對政治毫無興趣，對這類社團更是敬謝不敏。

因此，那天我對待專程來訪的學長，態度相當冷淡。

「有爲的青年整天關在房間裡，到底是怎麼了？我不知道你遇到了什麼問題，總之，你若不先採取行動，眼前的狀況是不會有任何改變的。」石頭學長以略顯艱深的語句說道。

眞是多管閒事。

「就請你別再管我的事了！」

最後，我終於忍不住對他大聲說話。

「那不可能。身爲學長，我不能看著你就這麼墮落下去。」

「我會變得怎樣，那都與學長你無關吧！」

爲了早點趕他回去，我說了不少難聽的話。那些話你現在要我再重覆一遍，我也覺得難以啓齒呢。

不難想像當時學長的臉色有多難看。這是當然，因爲擔心我，大老遠坐電車跑來看我，卻遭到我下逐客令。換成是我，可能會大聲回罵幾句吧！可是，石頭學長並沒有這麼做。他雖然好發議論，但對我所說的話，卻只是默默地聽著。

「現在的你，不論我說什麼，大概都聽不進去。這也是沒辦法的事。不過，既然你都待在家裡的話，至少這本書……」

學長說著，打開皮包準備拿出什麼東西，卻立刻被我上前以手壓住。還不是有關政治之類的書嗎？我心裡這麼想著，嘴上說道：

「不必了。我自己要看的書，我自己會決定。」

接下來的時間，我們倆互瞪般地盯著對方的臉。

最後，學長深嘆了一口氣，闔上皮包起身。

「學長，你忘了你的圍巾。」對著沉默無語走到房門邊的學長，我說道。

「圍巾？」

學長回過頭，表情詫異。然後像是想了一下後，露出微笑。

「我沒有繫圍巾來啊。」

「咦?」

我朝學長方才坐的位子四周又仔細找了一遍。剛才學長進屋裡來的時候,的確是繫著圍巾啊!明明就是他自己從脖子上拿下圍巾,擺在折腳式的矮桌下呀!

我趕忙朝桌底下又看了一眼。並沒有什麼圍巾。

「再說,這時候繫圍巾未免早了點,才九月呢!」

學長說的一點都沒錯。就在數週前,還可以聽到蟬鳴呢!

然而,我卻感到一股寒意直竄上背脊——那道必須以大衣抵禦的寒意。

5

石頭學長被殺,是幾個月後的事。

一些參與學生運動的人困守在長野山莊的那件事,你知道吧?他們和警察發生激烈槍戰,可是個死了不少人的大事件啊!

當時，全國人民幾乎都鎖定在電視機前，整個日本都在關心這事件的後續發展。之後，有人出書，有人將它拍成電影，你們這一代的年輕人應該也有不少人聽過吧！

警方費了十天的功夫才逮捕到犯人，而且事後還發現了更驚人的眞相。

這些學生除了集合思想一致的同志在深山雪地接受戰鬥訓練，還將幾個夥伴給「總結」了——男女合計共十二個人被殺，屍體就埋在當地。石頭學長正是其中一人。

我再也沒有比那個時候更爲自己的愚蠢所自責了。

不聽學長的話，無視對方的好意，甚至看到「朱鷺色之兆」時，都沒向學長發出警告……我簡直悔恨至極。當然，我也不敢保證如果我警告了他，他是否就能躲過這場大悲劇。

不過從那以後，我不再畏懼朱鷺色之兆了。

也可以說是無所謂了。出門時，我不再打扮得怪模怪樣，這下子全身上下雖然輕鬆了不少，但我的心情可沒有一絲好轉。

我幾乎是懷著自暴自棄的心情過著接下來的每一天。雖然還是沒去學校，但我不再把自己關在房間裡，而是儘可能到戶外走動。石頭學長對我的規勸，我這時才付諸實行。

不過，這並不是說，我突然之間有了什麼大轉變。我只是每天醒來吃完早餐，就騎著腳踏車到隔壁鎮上的圖書館看書；傍晚回到自己住的小鎮，也會在商店街遛達完後才返家。每天過得就像老人家的生活。

遇上那件事，大約是這樣生活了三個月後。

那一天，我一個人在街上信步閒逛。已是五月下旬的初夏時節，遮雨棚底的街道上充滿慵懶的暑氣，令我印象深刻。

當我走到商店街的中央位置時，從都電車站方向走來一名女孩，她立刻抓住了我的視線。我沒有別的意思，純粹是因爲那女孩子的打扮引起我的注意。

她梳著兩條長辮子，穿著白色水手服，手上提著皮革製的書包，腳上是一雙黑皮鞋，白襪子折得很整齊，一看就知道是品行端莊的高中女學生。

可是，爲什麼還戴著淡粉紅色的毛織帽呢？就像是要去滑雪似的，那帽子的帽尖上還有一顆小圓球，怎麼看都讓人覺得奇怪。

起初我還以爲她是頭部受傷，才會帶這種蓬蓬的帽子保護頭部。不過，帽子的設計也未免太可愛了點。

事實上，我對這女孩子有點印象。她是商店街「流星堂」唱片行老闆的女兒。老是播放「槐樹的雨停時」的唱片行，老闆是一位身材高瘦、有著鷹勾鼻的男人。既然老爸是鷹勾鼻，女兒的也和金絲雀相去不遠，寬額濃眉，一副聰明相。

我極其平常地和她擦肩而過，胸中卻一陣忐忑不安。搞不好那是朱鷺色之兆……不知爲什麼我有這種感覺。

（應該不至於吧！）

我自言自語地說著，仍舊繼續往前走，然而我還是放心不下。

就在這時候，我彷彿聽到石頭學長的聲音：

「你若不先採取行動，眼前的狀況是不會有任何改變的。」

總之，先目送那女孩平安抵達家門再說……我心裡這麼想著。在家裡會發生什麼事？而且那也不是我能插手管的了。但至少我可以確認，她是否平安返抵家門，這樣自己也比較安心。於是我折返回去，跟在那女孩身後，保持十公尺的距離。要是被旁人察覺，恐怕是我的行動比較惹人懷疑吧！

就在距離「流星堂」不到三分鐘路程的地方，傳來的音樂竟然不是平時常聽到的「槐樹的雨停時」，而是小柳留美的「瀨戶新娘」。什麼原因不清楚，不過，老闆一定有他選曲的理由吧！

（沒什麼事嘛！）

看到女孩平安抵達唱片行的門口時，我鬆了一口氣。看來那女孩確實是戴了帽子。總之，沒事就好……

就是在那時候，突然從前方跑過來一個神情恐怖的男人，上街買晚餐的歐巴桑們嚇得趕忙讓開路。

（糟了！）

看到對方臉龐的那一瞬間，我的腦海中立刻閃過這個念頭。

那是因爲眼前那個男人長得酷似才剛上映的電影「發條橘子」海報裡的男人。彷彿海報裡的男人左右晃著腦袋，嘿嘿嘿地笑著。

我毫不遲疑地就往女孩的方向跑去，應該說是行動先於思考。而且我馬上發現，那傢伙手上握著一把水果刀。

在男人接近前到底發生過什麼事，女孩子毫不知情，只是一臉茫然的表情。

我躊躇了一會兒，究竟是衝上前推開女孩比較好，還是撲向男人才對？

你認爲我應該怎麼做？

我就站在女孩和男人的中間。

當然，這不是我所預想的，只不過湊巧成了那種局面罷了。

在我眼前不到一公尺的距離，站著一個手持水果刀、一臉嘻皮笑臉的男人。

我一邊保護身後的女孩，一邊狠狠地盯著男子。男人身上不斷地飄來黏著劑的味道，我立刻意識到對方吸食了強力膠。

當時，在我那片空白的腦袋角落，我突然想到一件事。

(不曉得有沒有人看到我的朱鷺色之兆？)

如果有的話，那是什麼呢？

花束？頭巾？圍巾？還是毛織的帽子呢？

不知道死神會給我打上什麼樣的記號？

吸食強力膠的男人，一邊發出像是狗被圍捕的叫聲，一邊舉起手中的刀子。

啊，完了——

就在我這麼想時，很萬幸的，那隻手並沒有往下揮。從後頭趕上來的警官立刻抓住他的手腕往後摜，只見男人整個向後仰倒，果然訓練有素的人就是不一樣。隨後趕到的警察也一個箭步上前，抽走男子手上的刀子，迅速將對方壓制在地上，男子完全動彈不得。

我鬆了一口氣後回頭看，女孩正靠在唱片行老闆的胸前。可能身心都受到驚嚇吧，她瞪大雙眼，慘白著一張臉。

不過，她的毛織帽已經不見了。

「謝……謝謝……」

有個鷹勾鼻的老闆，不停地朝我鞠躬致謝。

然後，就在老闆的肩膀後方，我看到了——

在吵雜的商店街中心，石頭學長正朝著我微笑。

我想你已經猜到了，當時的女高中生就是我現在的老婆。

那之後，我開始正常地通學。雖然比別人多花了點學費和時間，我還是畢業了；也曾一度是上班族，但因爲唱片行經營困難，和老婆結婚後，我自然也會在店裡幫忙。

只是爲時已晚，唱片行最後還是不得不關門。

就這樣，現在轉爲經營二手唱片行。這行業雖然賺不了多少錢，但每天可以和自己喜歡的事物爲伴，我已經感到很幸福了。

什麼，你說朱鷺色之兆嗎？

是啊，那之後還經常看到呢！

只是說起來有些麻煩，所以從沒對別人提起過。

事實上，那說不定只有我可以看到。我是到最近才發現到這一點的。

咦，你說它是不是超能力？若是如此，那就很酷吧！不過連想都不用想，擁有這種力量根本是累贅。雖然對我老婆那時的情況有所幫助，但那種情形並不常有。

唉，不管你是畏懼還是愁苦，開心或是悠哉，命該絕時終究難逃一死。整天爲了不知死神何時降臨而提心吊膽，豈不是最愚蠢的人嗎？

眞不好意思，跟你說這麼久。

「人哪！」這首曲子早就唱完了。

要回去了嗎？

有空再過來呀，我們這家店可是全年無休，只要這條商店街還存在，我們就會每天開門。

回去之前，要不要再聽一首曲子？

不如就這條商店街的主題曲，「槐樹的雨停時」，如何？

枯葉天使

準備打掃房間而打開窗戶時，一陣清新、暖和的春風吹了進來。綠色窗簾迅速膨脹，彈跳般翻飛著；伴隨春風，幾枚櫻花花瓣款款飄進房裡。

從公寓二樓往下眺望，覺智寺的櫻花彷彿一條粉紅霞被。雖然寺裡種植的櫻花樹不多，但正逢盛開時節，狹窄的寺院裡滿眼櫻白粉紅。

（啊，春天到了！）

想把溫暖的陽光也一起吸入體內似的，久美子深深呼吸了一口氣。

擺在衣櫥上的收音機正傳來鬱金香演唱的「心之旅」。最近常聽到的這首曲子，久美子很喜歡。雖然還記不得全部的歌詞，但中間部份她還可以跟著一起哼哼唱唱。

（果然沒選錯房子。）

久美子邊拿著掃帚打掃房間，心裡邊這麼想。

當初房屋仲介找到這間房子時，老實說，久美子本人並不太感興趣。雖說中間隔著一條小馬路，畢竟緊鄰隔壁的就是寺院，總是讓人覺得……

最後考量到日照充足，和丈夫搭都電不用換車就可以直達上班地點的便利性，遂決定了這間房間。看來，當初的選擇並沒有錯。

的確，覺智寺的後院就是墓園，不過它佔地面積很小，你若不從窗戶探出大半個身子，是看不到任何墓碑的。只要不介意，房租倒是很便宜。而且附近就有個商店街，生活機能相當便利。

最棒的是，你只要待在家裡頭就可以欣賞到櫻花。而從另一頭的窗戶往下俯視都電線道，沿著線道，雖然只有幾公尺長，也種植著紫陽花。這不禁讓人期待，它會開出什麼顏色的花呢？

之前住的公寓，只要一打開窗戶，除了稅務所的牆壁，什麼也看不到。那是因爲公寓和稅務所之間僅隔著兩公尺不到的空間。而且那牆壁是一年到頭讓人心生寒意的灰色，每次只要一打開窗戶，就感覺猶如置身牢獄之中。比較起來，這房間顯然讓人舒服多了。

音樂接近尾聲。「心之旅」後，曲子更換。

正在想接下來會是什麼曲子時，突然傳來Anonenone的「紅蜻蜓之歌」（壓尾字的諧歌）。雖然沒人看到，久美子還是身體一踉蹌，差點傾倒。

這個主持人到底在想什麼啊？雖說這兩首曲子都是剛問世的新歌，但前一首歌好不容易培養出來的氣氛一下全沒了。久美子雖然這麼想，但她還是跟著一起唱。畢竟，這首曲子的歌詞她全部記得。

（啊，又是那個老爺爺。）

一個正要走上覺智寺石階的白髮老人身影，從久美子的眼尾閃過。久美子本能地抬頭看了一眼樑柱上的時鐘。不偏不倚，準十點鐘。

日復一日，持之以恆。不知道對方是誰，這位老人每天必到寺裡參拜，而且一天兩回，早上十點和下午五點，一定準時報到。看來是相當虔誠的老人家。

小鎮上有這樣的人，本來就不稀奇吧！這附近一帶，即使歷經戰爭時期，好像也沒有受到太大的破壞（隔壁的小鎮在東京大空襲時幾乎毀滅殆盡），現在仍四處可見戰前遺留下來的建築物。住民大都是世居於此，平均年齡也頗爲可觀，因此，虔誠的老人佔大多數也不足爲怪吧！

久美子側身躲在窗簾後面，目光直追著老人的背影。那身影掩映在櫻樹枝芽間，老人緩慢地走著。他的表情一如往常，一副不悅的模樣，始終咬牙切齒似地緊抿著嘴巴，兩道白眉則發怒般朝上仰起。這老人一定很難相處。

（今天也一樣嗎？）

帶點惡作劇的心情，久美子偷窺著老人參拜的模樣。

說來那位老人有個很奇怪的習慣。不知道爲什麼，每回參拜完之後，他一定會站在寺院裡的石燈籠旁，以半蹲的姿勢朝洞穴裡窺視，早晚都做同樣的動作。不過，傍晚所窺視的時間比較長，感覺像是他一直在凝視著什麼……

石燈籠約有一公尺五十公分高，洞穴（大概是擺放蠟燭的燭台）的位置差不多是上頭算下來三十公分左右的地方。因此，就算是一個老人，若想要窺視洞穴，勢必得相當彎下腰才行。

這麼形容或許有些失禮，不過那姿勢眞的很奇怪，好像在舉行什麼詭異的儀式。

不管你是否這麼斷定，總之老人已經在石燈籠前彎下腰向洞穴裡窺視。而且，他還特地從口袋裡掏出眼鏡來戴上。顯然是在「看著」什麼東西吧！

不過，那裡應該什麼東西也沒有才對。因爲，就在久美子對老人的動作感到好奇後沒多久，她自己也曾偷窺過那洞穴。

最後，老人終於慢慢挺起腰桿。難掩一臉失落的神情，他撫摸石燈籠的屋頂一會兒後，靜靜地轉過身子，朝來時的參拜小徑加快腳步離去。

（他到底在做什麼呢？）

從二樓的窗戶略微探出身子，久美子目送老人離去的背影。是失落感嗎？那背影讓人感到一股說不出的寂寞。

就在這時候，房間裡傳來什麼東西掉落的聲音。

久美子回頭張望六帖榻榻米大的房間。才剛剛打掃過的木板上，並沒有掉落什麼特別的東西。難道是桌子（準確講是矮腳的暖爐桌）上擺著的《靈友會》封面被風吹翻頁了嗎？

久美子不免在意，於是走到隔壁三帖大的房間裡察看。那裡擺著丈夫學生時代最愛用的書桌，現在則是將工作帶回家時使用的桌子。

（啊，這不是……）

桌腳旁掉落了一張表面貼著白色透寫紙的四方形紙張。上頭有紅色鉛筆寫著指定的縮小倍率。

久美子看過那紙。

那是昨天英次下班時，從印刷公司帶回來的相片。今天應該全部都要帶回公司去才是，怎麼會獨漏這一張呢？

（英次做事情也眞是的……）

英次雖是某國立大學畢業的高材生，天生一副聰明相，但還是有毛躁、孩子氣的一面。譬如吃飯時經常會掉落飯粒，或襪子穿反了也不自覺等等。

久美子彎腰拾起地上的紙張，翻開透寫紙。那是一張巧笑倩兮的女子黑白相片。

穿著和服的上半身肖像，一頭長髮漂亮地往上梳攏。久美子不知道那叫做什麼髮型，不過，應該是很久以前的女學生們鍾愛的髮型吧！大大的、素色的蝴蝶結特別可愛。

「忘了帶這相片沒關係嗎？」

雖然房間裡只有自己，久美子還是禁不住問出聲。

相片裡的人正是詩人御園幸緒。英次上班的出版社，正準備爲她出版詩集。

這張相片應該是要擺在卷頭用的吧！

昨天英次下班時，繞到印刷廠拿回來十張剛製版完成的相片。他在六帖大的房間桌子上，將它們一一攤開，嘴裡還不時稱讚這位早夭女詩人的才華。

「她眞是個天才。」

不知道是他性好批評，還是因爲他自己也曾立志成爲詩人的關係，英次很少稱讚他人的詩作。唯一獲得他肯定的，也只有荻原朔太郎和西脇順三郎兩人而已；其他人不管名氣再高，他都多多少少要批評幾句。

因此，英次會這麼說是很稀奇的事。

「沒有使用任何一句難解的詞彙，卻能擁有如此豐饒的詩興……不是我誇張，它眞的讓人感受到言語的光采。這才是眞正的詩、眞正的文學啊！」

邊說邊以陶醉的眼神凝視相片的丈夫，讓久美子略感吃味。雖然知道嫉妒已經死去多年的人根本沒有道理可言，但人就是這麼無聊吧。

「久美子，你不覺得她很棒嗎？可是擁有如此才華的詩人，竟然沒有一本像樣的詩集流傳後世！所以，這次我們出版社計劃替她出版詩集，將她介紹給世人。我眞的覺得能進入這家公司實在太棒了！」

英次任職的出版社是個不到十人的小公司，發行的書籍並非文藝書之類的，而是以《愉快的圍棋入門》或《狀況時幫你解圍‧輕鬆民法解說》等實用性書籍居多。

這樣的公司爲什麼會想要幫一個無名的女詩人出版詩集？久美子不明白。不過，自從負責這份工作以來，英次就顯得生氣蓬勃，這是事實。但話說回來，這也表示直到目前爲止，英次對於出版社的工作並未全心投入吧！

（眞是個美人胚子……）

看著相片，久美子不禁讚嘆。

這一定是用原來的相片再翻拍的，所以畫面的顆粒才會這麼粗糙。

即使如此，卻絲毫無損相片裡的女性那種溫柔的眼神。那是只要你看過一眼，就令你終生難忘的一雙眼睛啊……

相片背後，英次的筆跡寫著：「御園幸緒二十歲」。

拍攝這張相片時，她本人一定沒有料想到，自己日後的命運竟會如此悲涼吧！久美子心裡這麼想著。

御園幸緒於三十歲時自殺身亡。

2

那一天，英次難得很早就下班回家。

出版社的工作，加班是附帶條件，雖說比起雜誌社的工作，次數或許不算多。英次幾乎沒有在九點前回家過，爲此，久美子也習慣將時間挪到八點左右才準備晚飯。有了孩子以後或許會改變，不過，目前的生活作息還是以老公爲主。所幸，早上出勤的時間相對也可以比較晚些。不過像這樣，事先沒有知會一聲就提早回來的情況，的確讓久美子很困擾。

「對不起，我現在就煮晚飯。」看到英次剛過七點就回到家，久美子慌張地說道。

「喔，沒關係啦。」英次邊扯開領帶邊說著。

看樣子心情不錯。

「今天怎麼那麼早？有什麼事嗎？」

「沒什麼，只是中午聽到你的聲音，突然想回家罷了。」

「什麼嘛——」久美子邊將丈夫的外套掛上衣架，邊笑著說。

白天時，爲了掉在房間裡的相片，久美子打電話到英次上班的公司。得知今天暫時還用不到時，她才鬆了一口氣。不過，英次說是聽到自己電話裡的聲音，才興起想要早點回家的念頭。這到底是怎麼回事？久美子雖然不是很清楚原因，但也覺得這沒什麼不好。

「家裡還是裝一支電話吧，以後再遇到這種情況，就可以派上用場。」

久美子的家裡尚未裝設電話。總覺得電話是奢侈品，暫時不做考慮，但畢竟有電話還是方便些。今天她就特地跑到電話亭去打電話。其實一樓房東的電話可以使用，卻難免麻煩。

「像今天，要是你一通電話回來，我也可以提早準備晚餐呀！」

「說的也是……那今年的獎金就不買吸塵器囉？」

好爲難的問題……久美子猶豫著。因爲她也很想要個吸塵器。

「這問題還是慢慢再想。總之，晚餐的問題先解決。今晚就到外頭吃吧！」

「眞的？太好了！」

所幸傍晚買回的食材大都屬於乾貨，可以放到明天晚上再料理。與其現在手忙腳亂做頓飯，不如出去吃外食，晚上的時間還能充分利用。

更何況，這麼難得的機會怎能不好好把握呢！大男人的英次，總認爲煮飯是妻子應盡的責任，因此平時兩人鮮少外出用餐。

「不過，今天是發薪日的前一天，可沒辦法享受大餐，頂多是拉麵……」

「沒關係，之前聽房東說過，這附近有一家拉麵館還不錯。」

「OK，我們就去那一家吃。」

換上輕便服裝後，兩人相偕外出。

兩人在一家叫「喜樂軒」的拉麵館裡用餐。它是一位沉默寡言的老闆和身材嬌小卻手腳俐落的妻子齊心經營的餐館，口味很不錯。

只是叫人感到納悶的是，傍晚時分，明明店裡客人滿座，做妻子的卻三番兩頭往樓上跑，而且許久不見下來。客人們似乎也早就習以爲常，用完餐後，自己便主動收拾碗筷。

「眞特別，這家店居然是自助的。」

走出店後，英次以略帶調侃的語氣說著。

和其他客人一樣，久美子和英次在吃完蓋飯後，也是自己將餐具拿到櫃台前。不過英次對此並不怎麼高興。既然收錢做生意，理應以服務客人為上。

「這種事還是別輕下評斷的好，說不定人家有什麼苦衷。」

「話是沒錯……」

「看那些熟客們似乎都很習慣這麼做。大概那家店本來就是這樣。」

「那很好啊，落得輕鬆。」

一點都沒變，還是那麼喜歡嘲諷人，久美子心裡想著。其實英次的心地很善良，只是這一點，久美子希望他能夠改善。

「對了，今天究竟吹什麼風啊，這麼早就回家，還到外頭吃……」

兩人從裡巷走到商店街上。剛過八點，已經有一半以上的店家拉下鐵門了。大概是平時老愛播放「槐樹的雨停時」那首老歌的唱片行已經關門的緣故，整條街顯得格外寧靜。

「也沒什麼特別理由。只是覺得偶爾提早回家也不錯啊！」

「騙人！一定有什麼事。」

「你疑心病還眞重。」在久美子的詰問下，英次搔著頭回道：「眞的沒什麼嘛！硬要說的話，就是今天幫御園幸緒整理了簡要生平。」

「那和這有什麼關係？」

「我昨晚不是跟你提到，她是自殺身亡的嗎？事實上，是爲了丈夫不理解她。」

兩人漫步在有遮雨棚的街道上，英次爲久美子大略敘述了御園幸緒的一生。

御園幸緒出生於明治某年，是東京一間舊書店老闆的女兒。大概是受家業的影響，是個從小就沉迷於古文和寫詩的女性，學業成績也很優秀。東京某女校畢業後，考上高等師範學校，後來擔任小學教師。最後在父親的勸說下，嫁給了銀行家的長男。

對方也是從年輕時就以喜好文學出名，因此，大家都以爲兩人的婚後生活必然相當高格調。然而，傳聞往往與現實不符，她丈夫其實是個心胸非常狹小的男人。

雖然時代的風潮如此，但這丈夫卻是個極頑固的沙文主義者，經常將「文學不是女子的消遣」這種話掛在嘴邊。他自己對於法國詩人波特萊爾多所研究，不過成績平平而已。

婚後，御園幸緒仍持續創作，並投稿文藝雜誌。昭和十年初，她的作品數度獲得入選。除了在詩壇嶄露頭角，並受到詩壇重要人士的激賞。身為詩人，她的前途可說一片看好。

但是，就在出版詩集的話題炒得正熱時，她的名字卻突然從雜誌上消失。原來是丈夫禁止她再繼續寫詩。

「說不定是做丈夫的嫉妒妻子的才華呢！」

聽到這裡，久美子不禁這麼想。

直至目前為止仍在文學路上默默無聞的丈夫，和身為詩人、錦繡前程即將展開眼前的妻子——將兩人擺在一起看，久美子很自然的會有這樣的聯想。

「說穿了就是這麼回事吧。這個丈夫眞的很差勁……到處批評妻子的詩作，說它不過是小孩子的信手塗鴉。像這種患有大頭症的人，是不會理解妻子詩作的優點的。」

「那幸緒夫人後來怎麼樣呢？」

「唉，畢竟她是舊時代的女人，只能聽從丈夫的要求，不再公開寫詩。」

以疏於家事為由被禁止寫詩的幸緒，從那之後，詩壇上就不曾再出現過她的名字。

然而，不管肚量狹窄的丈夫再怎麼禁止，都無法抹殺女詩人的詩魂。幸緒夫人暗地裡記筆記，瞞著丈夫繼續寫詩。不過，她並沒有要對外發表的野心，純粹只是為志趣而寫。

「所謂的詩人，應該就是這樣吧！寫詩，就好比呼吸一樣，這種心情，我好像也能體會一二。」

看著說這話的英次，久美子想起擺在書桌抽屜裡那本英次的詩集筆記。上頭儘是自己看不懂的漢字並排羅列。要說它們就和呼吸一樣，久美子實在很難想像。

「但是，這樣生活下去，總有一天精神會受不了。果然，幸緒夫人……」

最後因精神病而自殺身亡——這是久美子知道的。

「她丈夫……眞是最差勁的人。」

「沒錯。」

久美子為舊時女性那份死心眼而感到悲哀。自身懷有其他事物所無法取代的熱愛，卻還要當一名稱職的妻子與母親。這雖不是絕對做不到，但自己絕不可能做到。

「不過啊，這已是戰爭結束後的事了……總算有件事讓人稍微感到寬心。」

「什麼事？」

「她先生終於了解自己的過失。幸緒過世後，她的丈夫找到她生前遺留下來的筆記本，並認可她的才華。」

「人都死了，認可又有什麼用呢？」

「話是沒錯……但他用妻子的筆記本原稿，自費幫她出版詩集。那本書也可以說是幸緒夫人現存唯一的作品集。這次我們公司出版的詩集，也是以它爲底本。認眞說起來，她丈夫總算是爲她做了點事情。」

「是嗎？總覺得讓人無法完全接受……」

若是那個丈夫以爲這麼做就可以抵銷自己所犯的錯誤，那未免太便宜了他了……久美子這麼想。

「她丈夫應該去世了吧？」

「這我也不清楚，大概去世了吧！」

「不知道嗎？」

「她丈夫將自費出版的詩集寄給幸緒夫人的娘家後，就下落不明。不但辭去工作，也沒向已經長大成人的孩子交代去處。從此，再也沒有人見過他的蹤影。」

或許自殺了也說不定，久美子心裡這麼想。

做丈夫的一定爲妻子的死而深感內咎吧！他應該深刻感受到，那份被自己一手碾碎的才華，是多麼不可限量啊！

「眞叫人難過。」久美子輕嘆一聲。

「你也這麼覺得嗎？我今天一整天都在想這件事。除了爲幸緒夫人感到悲哀之外，也想到，最起碼要討我老婆的歡心才行……」

「呵，原來是這麼一回事啊！」

久美子說著，將手挽在丈夫的手臂上。

就在這時候，右前方的店家走出一位白髮蒼蒼的老人。久美子見過那張臉，他就是早晚必上覺智寺參拜的老人。

（原來那位老人是舊書店的老闆啊！）

老人正將擺在店門口的沉重特價品花車推回店裡頭。今天已經打烊了。

走近點看時，老人顯得更加蒼老。

3

久美子從公寓二樓的窗戶發現到那可疑的小女孩，是三天後的事。

就在舊書店老人循例到覺智寺做日課後（參拜，並在石燈籠的地方擺出奇怪的窺視動作），才回去沒多久，那小女孩就突然出現在寺院的院子裡。

（咦？這小女孩是什麼時候……）

那一天，久美子照常從窗戶看著老人參拜。可是之後，在視線離開不到幾秒鐘的時間再回頭看時，小女孩已經出現在院裡的石階上。

小女孩的年紀大約四歲左右，穿著白色運動服和紅色毛襪。四月天裡，這一身的穿著沒什麼好奇怪，只是今天的太陽特別暖和，這麼穿不會嫌熱了點嗎？

（好可愛呀！）

覺智寺裡，櫻花花瓣像雪片般漫天飛舞。

在小小的花瓣墜落地面之前，小女孩拼命拍著手捕捉。小臉蛋好像在說：好好玩哪！燦爛的笑容笑得好開心，小妹妹頭的黑髮在春陽的照射下，閃閃發亮。

久美子將手支在窗外的鐵欄杆上，眺望小女孩嬉戲的模樣。

（好想有個像她那樣可愛的小女娃呀！）

久美子本來就很喜歡小孩子，尤其結了婚之後，更想早一點當母親。可是，結婚都兩年了，肚子卻一點動靜也沒有。雖說這種事急也沒有用，但看到眼前出現這麼個可愛的小女孩，她甚至有股衝動，希望自己明天就能生出個小寶寶呢！

（只有她一個人嗎？）

眺望了一會兒後，久美子發現周遭並沒有其他大人。爲了慎重起見，她還特意探出大半個身子，梭尋了寺院的四周圍。果然，並沒有像是她雙親的大人出現在附近。會不會是被櫻花樹枝給遮掩了呢？但又不像是那麼回事。

這可不是小事。

這小鎮上的人家，難道就這麼放心讓這麼小的孩子隻身在外面玩耍嗎？雖說每個人有每個人的想法，但我若是那小女孩的母親，絕對會跟在身邊看顧。畢竟，誘拐小孩、交通事故、變態怪人等等，這世上有太多危險潛藏其間不是嗎？

小女孩仍舊開心地撲抓著飄落的花瓣。看到她天眞無邪的小臉蛋，久美子實在無法置之不管。

「沒辦法……」

像是說給誰聽似的，久美子自言自語地唸著，趕忙趿上托鞋，跑下公寓的樓梯。久美子直接走到覺智寺裡，小女孩還在和花瓣玩耍，周圍果然沒有監護的人。

「小妹妹！」

久美子一出聲，小女孩像受到驚嚇似地站住不動，臉上卻露出不怕生的笑容。

「小妹妹，你只有一個人嗎？你家在附近嗎？」

久美子走到小女孩的面前蹲下身子，視線配合小女孩的身高。近距離仔細看，小女孩肌如白雪，益發顯得可愛。

「嗯，我一個人。我家住在很遠的地方，不過以前住在這裡。」

小女孩講話一個字一個字的非常清楚、有力。

「你叫什麼名字？」

「村野滿智子。」

「滿智子啊，好可愛的名字喔！」

聽到久美子的讚美，小女孩笑瞇眼，難爲情地搔著額頭，看著前面。好小的小手啊，久美子心裡想著。

「媽媽呢？她在哪裡？」

「在很遠的地方。我是一個人來的。」

「一個人？從哪裡來？」

「從很遠很遠……我是來傳話的。」

竟然讓這麼小的小孩子走這麼遠的路……久美子表情嚴肅，她很想對這孩子的父母親嚴詞責備幾句。

「傳話？你一個人找得到嗎？要不要阿姨陪你一起去呢？」

「不用了，滿智子已經長大了。」

小女孩說完，在原地不停地跳呀跳。爲什麼小孩總喜歡讓自己的身體做出毫無意義的舉動呢！

「你要到哪裡傳話呢？」

「商店街的舊書店。」

舊書店的老闆不是剛剛才回去嗎？話說回來，這麼小的小孩找他會有什麼事呢？

「槐樹商店街，好久沒來了。不曉得正二哥哥和珠惠姊姊還在嗎？」

說完，小女孩仰頭看著附近的櫻花樹。那一刻，陽光照在她細小的脖子上。

「滿智子，那是……」久美子說，小女孩愣愣的看著久美子。「你脖子上像痣的那個——是什麼？」

仔細看，小女孩細白的脖子上，有紅黑色像痣般的東西，就像是項鍊纏繞脖子一圈。

（讓人覺得……不舒服。）

說不定是什麼皮膚病？那淤痣簡直就像是被人絞首後所留下的痕跡，不是手指痕跡也不是什麼粗繩子造成的，而是細細長長的皮帶。

久美子正要伸手去撫摸那個淤痣，小女孩卻立刻閃過身去，縮著肩膀和脖子。

「我要去傳話了，我不能在這裡待太久。」

說完話，自稱滿智子的小女孩便轉身背向久美子，迅速跑開去了。

「等一下，滿智子——」

久美子的手才剛搭到那個小肩膀，卻突然迎面吹來一陣強風，整個寺院內一時狂風大作，久美子不由閉上雙眼。

短短幾秒鐘，當她再度睜開眼時，小女孩的身影已經消失不見。原以爲搭到小肩膀的手上，卻抓著一片櫻花枯葉。

4

邊走邊佩服著自己的恆心，川上徒步走在商店街上。

做這樣徒勞無功的事，自己還能持續多久呢？就是相信了脫離現實的傳聞，而日復一日地上覺智寺。

聽說黃昏時，從寺裡石燈籠的燈心處，可以看到往生者的身影——爲此，他每天都到寺裡來。

然而，他一次也未曾通過燈心看到不屬於此世間之物。情急之下，他想到或許早上比較靈驗也說不定。雖然這是毫無根據的想法，但他還是決定早晚兩次上覺智寺參拜。反正，早晚時刻店裡比較少客人上門，前往參拜並無妨。

川上站在店門前，打開螺絲鎖，拉開玻璃門，將褪色的窗簾拉到牆角。今天一天，也要爲這無法割捨的店開張嗎？

將擺在通道上的特價品花車用力拖出。以前能輕鬆解決的事，現在做起來卻倍感辛苦。這也說明自己眞的老了。

商店街的天空，由於有遮雨棚擋著的關係，就算打開窗簾，光線也不夠充足，得將櫃台邊的電源打開，店裡才會一片通明。

書、書、書，全是書，整片牆壁都埋在書裡。不過這是當然的，誰叫這裡是舊書店呢。

川上坐在他平時的位子上，抓過煙灰缸，深深吸了一口SEVEN STAR，停住數秒後，再一鼓作氣呼出。如果這時身旁有人，一定以爲他在長嘆。

這店，也開很久了。到底多久了？自己一時之間也記不起。

在這期間，物換星移，世相滄桑，對自己卻毫無影響——不，應該說是自己拒絕變化吧！

自從妻子過世後——用那可憐的死法死去之後，自己就不再需要任何變化了。什麼都不要變比較好。在這晦暗的店裡頭抽著香煙，讓舊紙張和墨水味包圍，對自己來說，這已經很幸福了。

如果妻子看到現在的自己，會說什麼呢？她一定會笑說，這個丈夫除了會奪人所愛之外，簡直一事無成吧！那也無所謂，妻子大有取笑他的權利。

慢慢地將一根煙抽成灰燼，川上緬懷著妻子。

川上會來到這鎮上，是因爲他聽說這裡有個叫覺智寺的寺院可以和死者的國度溝通。如果住在這附近，說不定哪天可以和死去的妻子聯絡上——他是抱著如此天眞的想望而住下來的。到最後，在和孩子們失去音訊的情況下，這垂老的身軀要擺到哪，他也無所謂了。

的確，這鎭上相繼發生了一些不可思議之事。

雖然這一切不能全歸諸於那小小寺院的力量，但一些光怪陸離的話題，卻陸續傳到他耳裡，就連沒名沒姓的野貓都有令人難以想像的奇事發生。

因此自己……會抱持這樣的想望並不足爲奇吧！

就算對自己只有滿腹怨言也無所謂，只要妻子能再度出現自己面前——抱著這點希望，他堅持住在這地方。

偏偏奇蹟就不會出現在想望的人身上。說到這世間——看來那世間也一樣——凡事不能盡如人意。

川上邊想著，邊將手上的煙捻熄。突然「啪」一聲，入口的玻璃門被用力打開。啊，那樣子開門，門會掉下來的呀！

「您好！」

說著話走進店裡來的，是個才四、五歲大的小女孩。很可惜店裡沒有圖畫書，兒童書和漫畫倒是有幾本。

「請問您是川上……鐵春先生嗎？」

小女孩直接從門口跑進來，跑到川上面前停住，問道。

「是啊。你怎麼知道呢？」

知道他和知名棒球選手同名同姓的人並不多。在這裡，既然是舊書店的老爹，就沒有必要再呈名報姓。

「今天我是來傳話的。」

「傳話？你好能幹啊！」

突然想起自己的孩子。他們還這麼小時……坦白說，自己對當時的情形一點印象也沒有。當時家中所有的大小事，全由妻子一個人在照管。

「嗯……歐巴桑沒有在生氣。」

「啊？」

到底在說什麼？這孩子沒有大人同行嗎？

「歐巴桑說她有點事，不能來看您。不過，歐吉桑每天想要看到歐巴桑，歐巴桑都知道。」

沒頭沒腦的，不知道這小孩到底想說什麼。

「小朋友，歐吉桑現在很忙，你如果要玩的話，到外……」

邊說邊輕輕推著小女孩的肩膀往外頭走，小女孩鼓著腮幫子回頭說道：

「是川上幸子歐巴桑叫我來的。歐吉桑，您認識那位歐巴桑嗎？」

「啊……」那瞬間，嘴邊的話突然凝結住，喉嚨裡的呼吸一下全哽塞起來了。

「你——你現在在說什麼？」

「川上幸子，就是歐巴桑啊！」

川上幸子，原名御園幸緒。沒有錯，正是妻子的名字。

「小朋友，你有遇到那個歐巴桑嗎？」

「有啊，歐巴桑人好親切呢！」

「胡扯！」川上鐵春不由得提高嗓門。

小女孩有點畏縮。

「對……對不起。歐吉桑太大聲，嚇到你了。」

說著，反射動作要去撫摸小女孩的頭，小女孩慌張地倒退了好幾步，好像不輕易讓人撫摸她的頭部。

「小朋友，你常和歐巴桑碰面嗎？」

「是啊，我們住的很近……每次見面，歐巴桑都會對我說：『滿智子，你看歐巴桑的項鍊，跟你是一樣的喔！』

「歐巴桑有戴項鍊嗎？」

「嗯，和我的一樣。」

說著，小女孩仰起下巴。小小的頸子上，可以清楚看到一條細長皮帶的勒痕，讓人怵目驚心。

看到的那瞬間，川上立刻想到那件事。

就是她！眼前的小女孩，就是「霞草」媽媽桑說的那個女孩。
幾年前的事了，有個女的因心愛的男人比自己早走一步，受到太大的打擊而精神失常。最後她上吊自殺時，居然連無辜的稚女也一起帶走。她確實是住在覺智寺一帶。
那小女孩的名字……
「小朋友，你叫什麼名字？」
「村野滿智子。」
沒錯，果然是她。雖然不知道對方姓什麼，但名字的確就叫滿智子。事件之後，霞草的媽媽桑說過好幾次這個名字，因此，他記得很清楚。
「滿智子，你……回來了啊！」
「我是回來傳話的。」
小女孩說著，露出甜甜一笑。
不會錯！
此刻，站在自己眼前的小女孩，已經不屬於這個人世。雖然無法想像究竟是用了什麼神秘的力量，但這小女孩確實是從另一個世界來到這裡的。

的。

川上感到自己的腦門深處正在發熱。

項鍊。若指的是這個，那幸子的確和這孩子一樣。幸子是在家裡懸樑自縊

「滿智子，歐巴桑好嗎？」

「歐巴桑每天都在寫詩。」

「……這就好。」

聽到這話的瞬間，不知爲什麼，川上胸口一陣悸痛。這痛通過鼻筋，讓眼窩淌出幾滴眼淚。幸子去世至今仍持續寫詩——聽到這事，他好像多少獲得寬慰的感覺。

「歐巴桑要跟歐吉桑說什麼呢？」

「歐巴桑說，她知道歐吉桑您很想見她，歐巴桑也很想見您。可是，因爲她不珍惜生命，所以不能到這裡來見您。因此，就算歐吉桑您每天都到寺裡，也永遠見不到歐巴桑的。」

「原來如此，有這樣的規定啊？」

「所以歐巴桑說了，她很期盼您們再見面的那一天到來。可是，最好還是儘可

能慢——慢——來。」

「哈哈哈，這太過份了，歐吉桑很想早日見到歐巴桑呢！」

川上不禁開懷大笑。

小女孩也微笑說道：

「歐巴桑還說，您要帶很多很多禮物來。」

「禮物？喔，禮物啊……」

川上的心裡，不禁浮現妻子在世時的容顏。

5

「對不起——」

拉開玻璃門，坐在店裡深處的老人正抽著香煙，緩緩抬起頭來，一臉「什麼事」的表情。久美子反手把門關上，對他輕輕點了個頭。

「歡迎光臨。」

和平時從公寓二樓看到的臉相比較，現在顯得更祥和些。不曉得是不是心理作用，久美子發現老人的眼瞼微微泛紅，也有可能是自己過於敏感。

「請問——」

話才剛要出口，久美子頓時閉嘴。她發現櫃台上擺著一枚櫻花枯葉。

「是不是有位四歲大的小女孩來過呢？」

「是啊，來過了。」

老人好像想到什麼似的，將正在抽的香煙在煙灰裡捻熄，心神有些慌張。

「那小女孩怎麼了？」

「才剛回去沒多久……好像很急的樣子。」

果然，那叫滿智子的小女孩到過這裡。不能在這裡待太久——小女孩自己這麼說過。

「我叫菅野，剛搬到覺智寺附近的公寓，很冒昧跟您請教一個問題……」

「喔，你說說看。」

老人兩手交握放在櫃台上。看著老人的手指關節……該怎麼問才好呢？久美子思考半天，卻找不到適當的說詞。

那小女孩該不是——已經去世的人？或許，開門見山提出疑問還直接了當些。但這實在很難啓口，說得不好，反而被人誤以爲自己精神有問題也說不定。

腦海裡尋找著詞彙，久美子的眼光迅速瀏覽了四周。就在一旁的書架上，她發現有很眼熟的書並排陳列著。那是英次數度帶回家、詩人丈夫自費出版的《御園幸緒詩集》。由於是極其難得的珍藏版，英次連自己都不給觸摸。

那詩集很自然的三冊並排陳設。看起來，那書架上放的都是珍藏版的書籍。顯然這老人也是識貨者。

「菅野太太是什麼時候搬來的呢？」

大概是看自己半天不說話，老人主動提問。久美子猛然回過神，慌忙回道：

「一個月前才剛搬來。」

「原來如此。覺得如何？這小鎮雖然小了點，但是不是很適宜人居住呢？」

「是啊。」

的確，久美子也這麼覺得。

和新興社區比起來，這裡的街道既老舊又狹窄，更沒有大型超市。商店街若純粹是逛街還挺有趣的，可是若要購物，鮮魚、蔬菜之類的都得一家一家個別去找才行，碰上急著採買時，就不免覺得麻煩。

然而除去這些不論，這小鎮倒是很適宜住人。說適宜住人，還不如說是住起來感覺很舒服。好像可以讓人優哉游哉地享受一天緩緩流逝。爲此，你會更加珍惜你的每一天。

「有時，也會發生一些奇妙的事……不過這也不壞。」

老人拿起櫃台上的枯葉，手抓著它的軸部旋轉。

「我幾十分鐘前才在寺裡遇到那個小女孩……那孩子，究竟是怎麼回事？」

久美子毅然提問。從老人的口氣聽來，久美子確信那小女孩絕不是普通的一般人。

「她是以前住在這鎮上的小孩子。不過，我也是今天第一次見到她。」

「果然……那麼，她是──幽靈嗎？」

「嗯，是什麼呢？」老人露出隱藏某事的表情，側頭笑著說。「我的想法只有一個。對我來說，她是天使。」

沒有恐懼，沒有驚愕，極其自然的口氣。

「太太捎了口信來，囑咐我要常和人接觸，多多交談，也要多帶點伴手禮去見她。我自覺已經帶了不少禮物哪……不過，禮物這種東西，是永遠不嫌多的。」

到底有幾分認眞？老人滿臉幸福的神情。他口中雖然說著如此特異的言論，卻是一臉清朗的樣子，久美子思忖著。

「話說回來，預產期是什麼時候呢？」最後，老人微笑問道。

久美子感到對方好像是在尋她開心，口氣不免有些強硬地回問道：

「什麼預產期？」

「哎呀，你還不知道嗎？那孩子說了，到這裡之前，在寺裡遇到一位年輕的阿姨……她的肚子裡有小寶寶。」

「咦？」

久美子不禁手按著肚子。

「那孩子一定什麼都知道吧！」

（寶寶……我的肚子裡有小寶寶？）

久美子撫摸著肚子，她突然感到整個身體暖和了起來。

「眞有意思。這世間有人來，就有人去。時代會變，流行歌曲也會變……可是，人們感受到的幸福卻是古今相同。」

舊書店老闆說著，臉上浮現燦爛的笑容。

不久後，久美子步出舊書店。

怎麼形容呢？才短短的時間裡，自己卻像是做了一場夢，整個人也像變了個人似的。

彷彿意識還沒回到現實世界裡，久美子茫然看著一家緊挨一家的商店街。蔬果店前擺的蔬菜鮮綠青翠，鮮魚店的冷藏櫃中鰹魚的肌理像寶石般閃閃發光。原本看慣了的世界，這會兒卻像簇新、迥然迥異的世界。

自己的肚子裡，眞的有新生命寄宿了嗎？雖然還沒有具體的徵兆出現……

（一定有了。）

明天就去看醫生吧！若是那小女孩說的，應該錯不了。

突然，一群小孩子朝這頭跑來，他們都是就學前的幼兒。久美子本能地以手護著腹部。走在一旁的婦人大概是眼尾瞄到了，出聲斥喝：

「不要在街上亂跑。撞到人可是不得了。」

聽到這句話，小朋友全停下腳步，換以緩慢的步伐前進。

「要小心肚子喔！」

婦人微笑地走過來。

「謝謝——」

一陣羞赧，久美子低下頭。就只是這樣，她已經感受到，搬來這鎮上眞好！

不知從哪裡傳來鬱金香「心之旅」的歌聲。一向播放陰晦曲子的唱片行，大概也想改變現狀換個新曲風吧！

久美子走在商店街上，稍稍扯開喉嚨，附和地唱著。

拱街的盡頭，洋溢著絢爛春光。

國家圖書館出版品預行編目資料

光球貓/ 朱川湊人作；孫智齡譯.
-- 初版. -- 臺北市：遠流, 2009.3
面；　公分 --
譯自：かたみ歌
ISBN 978-957-32-6448-4 (平裝)

861.57　　　　　　98002433

日本館・花系列 12
光球貓
原書名：かたみ歌
作者：朱川湊人
譯者：孫智齡
主編：余式恕
封面設計：唐壽南
文化生活領域副總編輯：吳家恆

發行人：王榮文
出版發行：遠流出版事業股份有限公司
台北市南昌路二段81號6樓
電話：(02)23926899　傳真：(02)23926658
郵撥帳號：0189456-1

著作權顧問：蕭雄淋律師
法律顧問：王秀哲律師・董安丹律師
排版：辰皓國際出版製作有限公司
初版1刷：2009年3月1日
行政院新聞局局版臺業字第1295號
定價：新台幣260元
（缺頁、破損或裝訂錯誤，請寄回更換）

ISBN 978-957-32-6448-4
遠流博識網：http://www.ylib.com
e-mail：ylib@ylib.com

KATAMI UTA
by SHUKAWA Minato